译文经典

十一种孤独

Eleven Kinds of Loneliness

Richard Yates

〔美〕理查德·耶茨 著

陈新宇 译

上海译文出版社

献给莎伦·伊丽莎白和莫尼卡·简

目 录

南瓜灯[1]博士

关于新转学来的男孩，普赖斯小姐只知道他基本上一直处于某种孤儿状态，现在跟他住在一起、头发灰白的“姑姑、姑父”其实是养父母，他的生活费由纽约市福利署支付。换做不太敬业或想象力不太丰富的老师可能会要求了解更多细节，但普赖斯小姐觉得这粗略的概括就够了。实际上，从他上四年级的第一个清晨开始，就已足够让她心中充满使命感，眼中明显透出爱意。

他到得很早，坐在最后一排——背挺得笔直，桌下两脚刚好交叉在一起，双手交叉放在桌上正中间，似乎只有对称能让他不那么显眼——其他孩子陆续进来，坐下安顿好的同时，每个人都面无表情地盯着他看了很久。

“今天早上我们有个新同学，”普赖斯小姐说，过分强调这显而易见的事情，让每个人都想笑。“他叫文森特·萨贝拉，来自纽约市。我知道我们大家会尽力让他感觉如同在家里一般。”

这次大家马上都转过身来盯着他看，他只得埋下头，重心从一边屁股挪到另一边。通常，从纽约来的人可能会有某种威信，因为对大部分孩子而言，纽约是个令人敬畏的去处，是成年人的场所。每天父亲们给吞没在那里，而他们自己很少能去，偶尔去一次时会穿上最好的衣服，像过节一样。可谁只要瞥他一眼，就知道文森特·萨贝拉无论如何与摩天大楼没有任何关系。即使你能对他那乱鸡窝一样的头发、灰不溜秋的肤色置之不理，他的衣服也会出卖他：灯芯绒裤子新得可笑，而帆布胶鞋又旧得可笑，黄色运动衫太小，印在胸前的米老鼠图案只剩下些许痕迹。显然，他来自纽约某处，那是你坐火车去中央火车站的路上不得不经过的地方——那里的人们把被单晾在窗台上，成天无聊地探身窗外发呆，你看到笔直幽深的街道，一条连着一条，全都一样，人行道上拥挤杂乱，阴郁的男孩们在那儿玩着某种没有希望的球。

女孩们判定他不太友好，转过脸去了；男孩们仍在仔细观察，脸上带着一丝笑意，上下打量着他。这个男孩是那种他们通常觉得"不好对付"的男孩，在陌生的街区里，这种男孩的目光曾经令他们不安；现在独一无二的报复机会来了。

---

① 爱尔兰的一个传说：有一个名叫杰克的人因为非常吝啬，死后不能进天堂，又因他取笑魔鬼故而也不能下地狱，所以，他只能提着灯笼四处游荡，直到审判日那天。于是，杰克和南瓜灯便成了被诅咒的游魂的象征。人们为了在万圣节前夜吓走这些游魂，便用南瓜雕刻成可怕的面孔来代表提着灯笼的杰克，这就是南瓜灯的由来。

“你想让我们怎么称呼你呢，文森特？”普赖斯问道。“我是说，你觉得叫文森特，或文斯[1]，或——什么好一些？”（这纯粹是个不切实际的问题；普赖斯小姐也知道男生们会叫他“萨贝拉”，女生们则根本什么也不会叫。）

“叫我文尼就好了，”他回答时声音奇怪而沙哑，显然是在他家乡难看的街道上把嗓子喊哑了。

“恐怕我没听清，”她说着，侧头向前伸长美丽的脖子，一大缕头发散落到一边肩上。“你是说‘文斯’吗？”

“我说的是文尼，”他局促不安地又说了一次。

“文森特是吗？那好，文森特。”班上几个人“咯咯”笑了起来，但没人费心去纠正她：让它一直错下去可能更好玩。

“我不会花时间挨个按名字把大家介绍给你，文森特，”普赖斯小姐接着说道，“因为我觉得让你自己在与我们大家的相处中记住这些名字更简单些，是不是？好，头一两天我们不要求你真正上课；你慢慢来，不要急，如果有什么不明白的，尽管问。”

他含糊不清地咕噜了什么，脸上笑容闪一下就没了，刚好露出发绿的牙根。

“那好，”普赖斯小姐说，开始上课了。“今天是星期一上午，因此课表上的第一件事情是‘汇报’。谁愿意第一个

① 文斯是文森特的昵称，下文提到的文尼也是文森特的一种昵称。

来说?”

文森特·萨贝拉暂时被遗忘了,六七只手举了起来,普赖斯小姐故作迷惑地后退一步。“天啊,今天我们有这么多同学想‘汇报’,”她说。“汇报”这个主意——每周一早晨用十五分钟时间鼓励孩子们说说他们周末的经历——是普赖斯小姐自己想出来的,也难怪她为此十分自豪。校长在最近的一次教员大会上表扬了她,指出汇报在学校和家庭之间架起了一座桥梁,也是让学生学会保持镇静、增强自信的好方法,值得赞扬。它需要明智的监督指导——引导害羞的孩子畅所欲言,抑制爱表现的孩子——但总之,像普赖斯小姐对校长做出的保证一样,每个学生都会觉得很有意思。她特别希望今天的汇报有意思,好让文森特·萨贝拉放松下来,因此她让南茜·派克先开始:没人能像南茜那样善于抓住听众。

南茜优雅地走上讲台时,其余学生都安静下来,当她开始讲时(她是这般受欢迎),甚至两三个私底下讨厌她的女生也不得不假装听得入迷的样子。班上的男生,在课间休息时,最喜欢的莫过于把她尖叫着推到稀泥地里去,现在也禁不住望着她傻笑。

“嗯——”南茜开始说,然后立即用手捂住嘴,大家都笑了。

“噢,南茜,”普赖斯小姐说。“你知道汇报用‘嗯’开头的规矩。”

南茜知道规矩，她只是故意违反让大家发笑。等笑声渐渐小了，她两只纤细的食指沿着裙子两边的折缝往下捋了捋，用正确的开头方式讲起来。“星期五，我们全家坐上我哥的新车出去兜风。上周我哥买了辆新的庞蒂亚克[①]，他想带我们出去走走——你知道，试试新车什么的。因此我们去了怀特普莱恩斯[②]，在那儿的一家餐馆吃饭，然后我们大家想去看电影《杰凯尔博士和海德先生》，但我哥说太恐怖了什么的，说我年纪还小不适合看——噢，他真让我生气！接着，我想想。星期六我在家里待了一天，帮妈妈做姐姐的婚纱。你瞧，我姐订了婚要结婚了，我妈正在为她做婚纱，所以我们就做了。接着星期天，我哥的一个朋友过来吃饭，那天晚上他俩得一起回大学，所以家里人允许我晚点睡，跟他们道别什么的。我想就这么多。”她总是有种万无一失的本能，令她的表演简洁——或者说，看似简洁。

“很好，南茜，”普赖斯小姐说，“现在，下一个是……”

下一个是华伦·伯格，他沿着过道往前走时，还小心地提着裤子。“星期六我到比尔·斯金格家里去吃中饭，”他开门见山地讲起来，比尔·斯金格坐在前排，不好意思地在座位上

① 庞蒂亚克：Pontiac，汽车品牌。

② 怀特普莱恩斯：White Plains，纽约近郊的小镇，风景优美，是个购物天堂。

扭了扭。华伦·伯格和比尔·斯金格非常要好，他们的汇报经常有重复。“吃过中饭后，我们去了怀特普莱恩斯，骑单车去的。不过我们看了《杰凯尔博士和海德先生》。”说到这儿，他冲南茜坐的方向点点头，而南茜嫉妒地哼了哼，又赢来一阵笑声。“真的很好看，”他越来越兴奋，继续说道，“是说一个家伙……”

“一个男人，”普赖斯小姐纠正道。

“说一个男人他调制些药，比如说他喝的东西，反正只要他喝下这种药，他就变成一个真正的怪物，比如说，你看着他喝下这药后，他的手就开始长出鳞片，满手都是，像爬行动物什么的，接着你看到他的脸开始变得可怕极了——还有尖尖的牙齿，从嘴里伸出来——”

女孩们全快乐地战栗着。“好了，”普赖斯小姐说，“我看南茜的哥哥不让她看这电影可真明智。华伦，看完电影后你们做了些什么？”

全班学生一起发出失望的“噢——！”——大家都想多听点鱼鳞和尖牙——可普赖斯小姐不想让汇报活动降格为电影故事简介。华伦继续说，但没有什么激情了：看完电影后，他们就在斯金格家的后院里一直玩到吃晚饭。“然后星期天，”他说着，又开心起来，“比尔·斯金格到我家来，我爸帮我们用根长绳把轮胎绑在一棵树上。我们家屋后是陡峭的小山坡，你知道像道深沟，我们把轮胎吊起来，这样你只要抓住轮胎，小跑一阵,然后抬脚站在轮胎上,就能荡出去好远,到深沟上头,然后又荡回来。”

“那听上去很好玩,”普赖斯小姐说,瞟了一眼手表。

“噢,确实,好玩极了,”华伦承认。但他接着又提了提裤子,皱着眉头,加上一句,“当然,也危险极了。如果没抓紧轮胎什么的,就会掉下来。撞上岩石之类,可能会摔断腿,或脊梁。可我爸说,他相信我们会当心自己的安全。”

“好,我想我们今后有时间要去试试,华伦,”普赖斯小姐说。“现在,还有点时间够一个人来讲的。有谁准备好了?亚瑟·克罗斯?”

下面传来一阵小声的叹息,因为亚瑟·克罗斯是全班最大的笨蛋,他的汇报总是枯燥无味。这次是关于到长岛他叔叔家去做客的无聊汇报。有一下他说走了嘴——把“摩托艇”说成了“托摩艇”——全班哄堂大笑,这种尖刻是他们专门留给亚瑟·克罗斯的。可是当教室后面粗糙、沙哑的笑声跟着响起时,全班的笑声戛然而止。文森特·萨贝拉也笑了,露出了绿色牙根,大家都瞪着他,直到他停住笑声。

汇报结束后,大家安静下来准备上课。当所有人再次想到文森特·萨贝拉时,课间休息时间到了,而他们想到他,也只是确定他被排除在一切之外。挤在单杠边轮流翻单杠的男生中间没有他,远处操场角落里窃窃私语的男生堆里没有他,他们在谋划要把南茜推到泥地里去。人更多的一群学生中也没有他，甚至连亚瑟·克罗斯都在其中，他们围成一个大圈，相互追赶，这是追人游戏①的疯狂变种。当然，他也不能加入女生群或外班男生中去，所以他只好独自一人待在教学大楼附近的操场边上。刚休息时，他假装系跑鞋带，蹲下来解开鞋带，又系紧；站起来，像运动员那样试着跑上几步，跳几下；然后又蹲下来，重新忙着系鞋带。在鞋带上忙活了五分钟后，他放弃了。转而抓起一把石子，开始朝几码外一个看不见的靶子飞快地扔着。又打发了五分钟，不过还剩下五分钟，他想不起有什么可做的，只得站在那里，手先是插在口袋里，然后又拿出来搁在胯骨上，接着像个男人似的双手交叉抱在胸前。

普赖斯小姐一直站在门口看着，整个休息时间她都在想，是否该走出去做点什么。她想想还是不出去为好。

第二天以及这周的后几天，在课间休息时她都克制住了同样的冲动，尽管每天都变得更困难一点。可是有件事她无法控制，那便是在课堂上她开始显露出焦虑。文森特·萨贝拉在功课上犯的错全被她公开原谅了，即使那些与他是新来学生无关的错也一样。还有，只要他有点成绩，都被单独拿出来，特别提及表扬。她为了提升他的形象煞费苦心，太过明显，而她想装得很巧妙时尤其明显。比如，有一次，在解释一

---

① 追人游戏：the game of tag，是一种儿童游戏，由一个人去追其他人，如果他能够碰到被追者中的一人，接下来就由这名被追上的人开始追赶其他人。

道算术题时，她说：“嗯，假设华伦·伯格和文森特·萨贝拉各带十五分钱去商店，而糖要十分钱一块。他们每人可以买几块？”到周末，他几乎快成为那种最糟糕的老师宠儿、老师同情心的牺牲品。

星期五，普赖斯小姐决定最好是私下里跟他谈谈，努力让他开口说话。她可以谈他在美术课上画的画——那是个机会，她决定在午餐时间找他谈。

唯一麻烦的是，由于午餐过后紧接着就是午休，这个时间是文森特·萨贝拉一天中最难受的时刻。他不像其他学生那样回家过这一小时，而是用皱巴巴的纸袋带午餐到学校，坐在教室里吃。这样吃饭总是有点尴尬，最后走的同学会看见他手拿纸袋，面有歉意地坐在座位上。如果哪个学生碰巧掉队回来取落在教室的帽子或运动衫，会突然撞见他正在吃午餐——可能他正想藏起煮得过熟的鸡蛋，或用手偷偷擦去嘴角的蛋黄酱。普赖斯小姐趁教室里还有半数学生时走到他跟前，坐在他身旁的课桌边上。这让大家明白，为了陪他，她把自己的午餐时间缩短了一半，可她这样做并没能改善现状。

“文森特，”她开口道，“我一直想告诉你，我有多喜欢你画的这些画。它们画得可真好。”

他咕哝了句什么，眼睛转而看着门口正要离开的一群同学。她面带微笑继续说，高度表扬他的画，详尽而仔细。当教室门终于在最后一个学生身后关上时，他才注意起她，一开始他还有点迟疑不决,可随着她说得越来越多,他开始放松了。最后她觉得她已让他完全放松,就像抚摸一只猫般简单、愉悦。她说完画,又兴高采烈地接着说下去,扩大了表扬的范围。"来到一个新地方,"她说,"让自己适应新的功课、新的学习方法,很不容易。到目前为止,我觉得你做得非常好。我真的这样觉得。可是告诉我,你觉得你会喜欢这里吗?"

他看着地板的时间刚好回答这个问题:"还行。"说完又直直地盯着她的眼睛。

"我很高兴。文森特,请别因为我影响你吃午饭。就是说,如果你不介意我坐在你这儿的话,请接着吃吧。"但是,显然文森特才不在乎,他把红肠三明治打开来。她觉得这肯定是他这周胃口最好的一次。即使班上有同学这时候进来,看到也没关系,不过还是没人来的好。

普赖斯小姐在课桌上往后挪了挪,很舒服的样子。她两腿交叉,一只纤细的、穿着丝袜的脚从鹿皮鞋里露出一半来。"当然,"她继续说,"在新学校里找到自己的位置总是要花些时间的。首先,嗯,班上新来的学生与其他同学交朋友总是不太容易。我是说,如果开始时其他人对你有些粗鲁,你不必太介意。实际上,他们与你一样急着想交朋友,但他们不好意思。这都需要你、还有他们多花点时间,多点努力。当然,也不用太多,只要一点点就好。比如,我们星期一早晨的汇报——就是让大家彼此了解的一种好方法。不是说每个人必须汇报，而是如果他想的话就可以。那只是让别人了解你是什么样的人的一种方式，还有许多许多种方式。重要的是，我们要记住交朋友是这个世界上最自然的事情，你可以交到所有你想交的朋友，只是时间问题而已。同时，文森特，我希望你把我当作朋友，如果你需要建议什么的，尽管找我好了。你会吗？”

他点点头，大口吞着三明治。

“好。”她站起来，抚平修长大腿上的裙子，“现在我得走了，否则我就来不及吃午饭了。这次聊天让我很开心，文森特，我希望我们以后还能这样聊聊。”

她站起来，这样做大概很幸运，因为如果她在课桌上再多待一分钟，文森特·萨贝拉会张开双臂抱着她，把脸埋在她大腿上温暖的灰色法兰绒里，那足以让最敬业、最富想象力的老师也迷惑不已。

在星期一的汇报会上，文森特·萨贝拉举起脏兮兮的手，成为第一批最积极的学生之一，没有谁比普赖斯小姐更惊奇。她有点担心，想让其他人先讲，可又怕伤害他的感情，因此她尽可能用平常语调说：“那好，文森特。”

当他走上讲台，面对听众时，教室里发出一阵窃笑。他看上去很自信，如果说有什么不妥的话，那便是自信太过了：从端着的肩膀、从闪闪发亮的眼睛里，可以看出他的慌张神色。

“星期六我看电影，”他宣布说。

“看了电影，文森特，”普赖斯小姐温和地纠正他。

“我就是那个意思，”他说，“我砍了那部电影。《南瓜灯博士和海德先生》。”

全班快活得哄堂大笑，齐声纠正道：“杰凯尔博士！”

太吵了，他没法说下去。普赖斯小姐站了起来，很生气。“这是很自然的错误！”她说，“你们谁也没理由这样粗鲁。继续说，文森特，请原谅这个十分愚蠢的打断。”笑声慢慢小了下去，但是同学们还在摇头晃脑地嘲笑他。当然这根本不是很自然的错误：首先，这说明他是个无药可救的笨蛋；其次，说明他在撒谎。

“我就是那个意思，”他继续说，“《杰凯尔博士和海德先生》。我有点弄混了。不管怎样，我看到他的牙齿是怎样从嘴里伸出来，我全都看了，我觉得很好看。星期天，我妈和我爸坐着他们买的车来看我。是别克车。我爸说，‘文尼，想不想坐车去转转？’我说，‘当然，你们打算去哪？’他说，‘你想去哪就去哪。’那我就说，‘我们出去，到乡村去，那里好多一条路，在那些一条宽路上，玩一会儿①。’因此我们就出去——噢，我猜走了有五六十英里——然后我们在高速公路上悠闲地开着，这时候这个警察在后面跟着我们。我爸说，‘别担心，我们

① 此处原文是文森特说的话，有很多语法错误。

会甩掉他的。'他加大油门，明白吗？我妈非常害怕，但我爸说，'别担心，亲爱的。'他想转个弯，明白吗？下高速公路，甩掉警察。但就在他转弯时，警察开火了，开始射击，明白吗？"

到这时，班上为数不多的、能够做到一直望着他的同学头全歪向一边，嘴微微张开，就是那种你看到断胳膊或马戏团怪物的表情。

"我们几乎要成功了，"文森特继续说着，眼睛熠熠生光，"一颗子弹打中我爸的肩膀。他伤得不太厉害——只是擦破点皮那样，我妈给他包扎好，但他不能再开车了，我们得带他去看医生，明白吗？所以我爸说，'文尼，你觉得你能开车吗？'我说，'当然，如果你告诉我怎么开。'因此他告诉我如何踩油门，哪里是刹车，所有开车的事情，我就开车到了医生那里。我妈说，'文尼，我为你骄傲，你一个人就开过来了。'所以不管怎么样，我们到了医生那里，把我爸爸治好，然后他开车送我们回家。"他说得上气不接下气，不太确定地停顿了一下后，他说，"就这样。"说完他快步走回座位，每走一步，硬邦邦的新灯芯绒裤便沙沙作响。

"好，那真是太——有趣了，文森特，"普赖斯小姐说，尽量装作什么也没发生，"现在，谁愿意下一个？"可没人再举手。

对文森特来说，那天的课间休息比以往更糟，至少在他发现一个藏身之处前如此——一条狭窄的小巷，水泥砌的，位于两栋教学楼之间，只连着几条关上的消防通道，另一头不通，很是隐蔽。那里十分凄凉——他可以背靠墙壁，眼睛盯着出口，课间休息时的吵闹声像太阳一样遥远。但铃声响起，他不得不回教室，再过一小时，就是午餐时间了。

普赖斯小姐没管他，先吃完中饭。然后，她站在教室门边，一只手握住门把手，足足站了一分钟，才鼓起勇气，走进来，坐到他身旁，再来一次谈心，而他正准备吞下最后一口甜椒三明治。

“文森特，”她开口说，“我们都很喜欢今天早晨你的汇报，但我想如果你讲讲自己的真实生活——我们会更喜欢一点，喜欢得多。我是说，”她加快了语速，“比如，我发现今早你穿着一件新风衣。是新的，对吗？是这个周末你姑姑给你买的吧？”

他没有否认。

“那好，为什么你不能跟我们说说你跟姑姑去商店买风衣，以及后来你做的一些事呢。那会是一次很棒的汇报。”她停了一会，第一次坚定地盯着他的眼睛，“你知道我在说什么，对不对，文森特？”

他擦去嘴唇上的面包屑，看着地板，点点头。

“下次你会记得的，对吗？”

他又点点头。“我能离开一下吗，普赖斯小姐？”

“你当然可以。”

他去到男厕所，吐了。洗完脸，喝了点水后，再回到教室。

普赖斯小姐现在坐在讲台上忙着，没有抬头看他。为了避免再次跟她搅在一起，他晃荡到了衣帽间里，坐在一条长凳上，拿起某人扔掉的套鞋，在手里翻来翻去。没多久，他听到回来的同学弄出丁零当啷的动静。他不想在这里被人发现，站起身，走到消防门那儿。推开门来，他发现刚好通往他上午藏身的那条小巷，于是他溜了出去。他在小巷里站了有一两分钟，看着空空的水泥墙壁。这时他发现自己口袋里有根粉笔，于是他用粉笔在墙上写下他想得起来的所有脏话，印刷体，一英尺高。他写完四个字，在想第五个字时，听到身后的门被推开了。亚瑟·克罗斯在门口，门开着，他睁大眼睛读那几个字。"伙计，"他害怕地喃喃道，"伙计，会有你好受的。真的，会有你好受的。"

文森特·萨贝拉吓了一大跳，旋即又平静下来，他把粉笔藏在手心里，两个大拇指勾在皮带上，转过身，威胁地看着亚瑟。"是吗？"他问。"有人准备去告发我？"

"呃，没人打算告发你。"亚瑟·克罗斯不安地说，"但你不该到处写……"

"好了，"文森特说，向前跨了一步。他的肩膀垮下来，头冲前伸着，眼睛眯成一线，看起来像爱德华·G·罗宾逊[1]。

① 爱德华·G·罗宾逊（1893—1973），好莱坞电影明星，以在银幕上扮演硬汉形象而令人难忘。

"好了。我就想知道这个。我不喜欢打小报告的人,明白吗?"

他正这么说时,华伦·伯格和比尔·斯金格出现在门口——在文森特转身对着他们之前,正好听到他说的话,看到墙上的字。"你们也一样,明白吗?"他说,"你们俩。"

令人惊奇的是,他们俩的脸上也现出了傻瓜般防卫的微笑,就像亚瑟脸上的一样。直到他俩相互瞟了一眼,才能以恰到好处的轻蔑目光迎接他的视线,可为时已晚。"你以为自己很聪明,是不是,萨贝拉?"比尔·斯金格说。

"我想什么不关你的事,"文森特告诉他,"你听到我说什么了。现在我们进去吧。"

他们只好站到一边,给他让路,别无他法,然后一声不吭地跟着他走进了衣帽间。

告密者是南茜·派克——当然,对于南茜·派克那样的人,大家不会觉得这是打小报告。他们的谈话她在衣帽间全听到了,男孩子们一进来,她就偷偷往小巷里看了一下。看到墙上的字,脸板得一本正经,皱着眉头,径直走到普赖斯小姐那里。普赖斯小姐正要叫全班同学安静准备上下午的课,南茜走上前来,耳语几句。她俩消失在衣帽间——过了片刻,从那里传来消防门被猛然用力摔上的声音——她们回到教室时,南茜因正义满脸涨得通红,普赖斯小姐却脸色苍白如死灰。她什么也没说,整个下午像平时一样上课。虽然普赖斯小姐明显不开心,可直到三点钟放学时,她才把事情挑明。

“文森特·萨贝拉，请你留下来好吗？”她朝其他同学点点头。“就这样。”

等教室里的人都走光了之后，她坐在讲台上，闭上双眼，拇指和食指摩挲着脆弱的鼻梁。她曾经读过一本关于有严重心理疾病的儿童的书。她此时在心里整理着已记不太清的一些片断。也许，毕竟，文森特·萨贝拉的孤独，她根本没有任何责任。也许整个事情需要专家来处理。她深深吸了一口气。

“文森特，到这儿来，坐在我旁边，”她说，等他坐下后，她看着他。“我希望你告诉我真相。是你在外面墙上写了那些字吗？”

他盯着地板。

“看着我，”她说，他看着她。她从来没有现在这般漂亮：脸颊微微泛红，眼睛闪亮，甜美的嘴有意识地往下撇着。“首先，”她说着递给他一个小小搪瓷盆，广告颜料弄得盆子一道一道的，“我要你拿着这个到男洗手间里接上热肥皂水。”

他照她说的做了，回来时，小心地端着盆子，生怕把冒着肥皂泡的水洒出来，她在讲台桌下的抽屉里拣出几块抹布。她挑了一块，说“给”，然后郑重其事地关上抽屉。“这样做，先把抹布浸湿。”她领他到后面的消防出口，站在小巷里看着，他擦掉那些字时，她什么也没说。

活干完了，抹布和搪瓷盆也放好了，他们又坐回到普赖斯小姐的讲台旁。“文森特,我想你以为我会生你的气,”她说,“嗯,我没有。我倒是希望我能生气——那会好办得多。但相反,我很伤心。我努力想成为你的朋友,我以为你也想与我交朋友。但这种事——嗯,很难与做这种事的人交朋友。”

她欣慰地看到他的眼里噙着泪水。“文森特,也许有些事我知道得比你想的还多;也许我明白,有时候一个人那样做,并不是真的想伤害谁,只不过因为他不快乐。他知道那样做不好,而且他知道做了之后自己也不会更快乐,可他还是一意孤行,不管三七二十一做了。然后他发现他失去了朋友,他难过极了,可是已经太晚了。事情已经做了。”

她让这忧郁的语调在寂静的教室里回响了一阵,才又开口说,“我忘不了这件事,文森特。但也许仅此一次,我们还是朋友——只要我知道你不是想伤害我。但你必须向我保证你也不会忘记它。当你想做这种事的时候,永远也别忘了,你在伤害很想喜欢你的人,那样也会伤害你自己。你能答应我记住这些吗,亲爱的?”

“亲爱的”一词就像她纤细的手随意伸出来,搭在他穿着运动衫的肩膀上那般不经意。这个词、这个动作令他的头垂得更低了。

“好吧,”她说,“你可以走了。”

他从衣帽间取了风衣,走了,避开她疲惫而犹疑的眼睛。走道上空无一人,除了远处某个地方传来看门人用推帚刷墙发出的空洞而有节奏的敲击声外，一片寂静。他走路时胶鞋底发出的声音、风衣短促摩擦的单调声响、笨重的前门发出微弱而呆板的叹息声加深了这份静谧。静谧让他接下来的发现更为惊人，顺着水泥人行道走了几码远后，他发现身边走着两个男孩：华伦·伯格和比尔·斯金格。他们朝他讨好地笑着，几近友好。

“她到底把你怎么样了？”比尔·斯金格问。

文森特措手不及，几乎来不及戴上爱德华·G·罗宾逊的假面具。“关你们什么事？”他说，走得快了些。

“不，听着——等等，嘿，”他们一路小跑追上他，华伦·伯格说，“可她到底把你怎样了？她把你臭骂了一顿还是怎么着？等等，嘿，文尼。”

这个名字让他全身颤抖。他只好把手紧紧插在风衣口袋里，强迫自己继续走。说话时，他努力让声音平静，“我说了，关你们什么事，别跟着我。”

可他们跟在他身后亦步亦趋。“伙计，她一定罚你做功课了，”华伦·伯格锲而不舍。“不管怎么样，她说什么了？说吧，告诉我们吧，文尼。”

这一次，这名字实在让他受不了。它让他失去抵抗力，膝盖松软，脚步缓慢下来，成了轻松、闲聊的散步。“她什么也没说，”他终于说，在戏剧性地停顿了一下后，又补上一句，“她让她的尺子代她说话。”

“尺子？你是说她在你身上动尺子了？”他们惊恐万状，既不相信这是真的又敬佩不已，他们越听越佩服。

“打在指关节上，”文森特咬紧嘴唇说。“每只手五下。她说，‘握成拳头，放在桌上。’接着，她拿出尺子，啪！啪！啪……五下。如果你们觉得那不痛，你们一定是疯了。”

普赖斯小姐轻轻把教室前门在身后带上，开始扣大衣纽扣，这时她几乎不敢相信自己的眼睛。这不可能是文森特·萨贝拉——这个走在前面人行道上、完全正常、非常快乐的男孩正被两个殷勤的朋友簇拥着。可这就是他，这场面让她想快乐、欣慰地放声大笑。不管怎么说，他会好的。她在阴影里好意摸索时，怎么也想不到会有这样的场景，当然也并未促其成真。但它真的发生了，它只是再一次验证：她永远搞不懂孩子们的行事之道。

她加快了脚步，步态优雅地超过他们，转身朝他们笑着。“晚安，孩子们，”她叫道，想让这句话成为一种快乐的祝福。然而，看到他们三张惊呆的脸怪难为情的样子，她更热烈地笑了，“天啊，越来越冷了，是不是？文森特，你的风衣真好看，还暖和，我真羡慕你。”最后，他们不好意思地朝她点点头。她又道了声晚安，转过身，继续朝车站走去。

她走了，身后留下一片意味深长的沉默。华伦·伯格和比尔·斯金格盯着她，直到她消失在街角，才转过来对着文森特·萨贝拉。

“尺子,胡说八道!”比尔·斯金格说,“尺子,胡说八道!”他厌恶地推了文森特一把,文森特撞到华伦·伯格身上,华伦·伯格又把他推回去。

“天啊,你说什么都是假的,是不是,萨贝拉?你说什么都是假的!”

文森特跌跌撞撞,失去了平衡,他两手紧紧攥在口袋里,企图保持他的尊严,但只是徒劳。“你们以为我会在乎你们信不信?”他说,然后由于想不出什么别的好说,他只好又说了一遍,“你们以为我会在乎你们信不信?”

他一个人继续走着。华伦·伯格和比尔·斯金格走到对面人行道上去了,倒退着走,鄙夷地看着他。“就像你说警察开枪打你爸爸一样,都是撒谎。”比尔·斯金格喊道。

“连看电影也是撒谎,”华伦·伯格插进来说,又突然爆发出一阵假笑,笑弯了腰,他把两手拢在嘴边,大叫道:“嘿,南瓜灯博士!”

这个外号可不怎么好,但听上去很地道——这种名字能很快传开来,迅速被人记住,并一直叫下去。他俩推推搡搡,一起继续大喊:

“怎么回事,南瓜灯博士?”

“为什么你不跟着普赖斯小姐跑回家,南瓜灯博士?”

“再见,南瓜灯博士!”

文森特·萨贝拉继续走着,不理他们,等到他们走得看不见了,他又折回来,沿原路回到学校,绕过操场,回到小巷里,墙上刚才他用抹布擦过的那个地方还是湿的。

他挑了块干地方,掏出粉笔,开始非常仔细地画一个人头,是侧面的,长而浓密的头发,他花了好长时间来画这张脸,用湿手指擦了重画,直到画出他所画过的最漂亮的脸:精致的鼻子、微微张开的嘴唇、长睫毛的眼睛,线条优美像小鸟的翅膀。他停下来,以恋人般庄重的神情欣赏它。然后,他在嘴唇边画了个大大的对话气球框,在气球框里,他写下中午写过的每一个字,他如此愤怒,粉笔都折断在手里。再回到头部,他画下纤细的脖子、柔和的削肩,接着,他用很粗的线条,画了个裸体的女人:大大的乳房,硬而小的乳头,线条简洁的腰部,中间一点是肚脐,宽宽的臀部、大腿,中间是三角地带,狂乱地画了阴毛。在画的下面,他写上标题:“普赖斯小姐”。

他站在那里,喘着粗气,看了一会儿,回家了。

万事如意

没人指望格蕾丝在婚礼前最后一个星期五还工作。事实上,不管她想不想,都没人让她干活了。

打字机旁的玻璃纸盒里摆着一朵白色栀子礼花,这是老板阿特伍德先生送的礼物,连同礼花一起的还有个信封,里面卷着一张十美元的布鲁明戴尔商场[1]的购物礼券。自打那次在事务所圣诞派对上她热吻阿特伍德先生后,阿特伍德待她总是彬彬有礼。格蕾丝进他办公室表示感谢时,他弓着腰,弄得桌子抽屉咔哒直响,脸涨得通红,几乎不敢看她的眼睛。

“啊,这没什么,格蕾丝,”他说,“我荣幸之至。给,你需要一只别针把那玩意儿戴上吧?”

“它配有胸针,”她举起那朵花,说,“看到了吗?是只漂亮的白色胸针。”

他愉快地看着格蕾丝将花高高地别在衣领上,然后重重地清了清嗓子,将桌下的写字板拖出来,准备交待她今天上午的工作,仅口授了两封短信让她打印出来。不过一小时后,格蕾丝看到他将一叠录音带交给打字中心时，才明白他关照了她。

“你真好，阿特伍德先生，”她说，“可我觉得今天有活的话，你还是该派给我干，就像平时……”

“啊，格蕾丝，”他说。“结婚可只有一次。”

姑娘们挤在她桌旁，叽叽喳喳，笑成一团，一次次要看拉尔夫的照片（“喔，他真可爱！”），办公室里闹哄哄的。办公室经理站在旁边，十分紧张，不想太扫她们的兴，但还是不安地提醒说，毕竟，今天还是工作日。

吃午饭时，希拉夫特事务所开了个传统的小派对——九个女人：有已婚的和未婚的。平时很少喝的鸡尾酒让她们晕晕乎乎的，她们回忆以前在一起的那些时光，争着向她表达美好的愿望，皇家鸡饭[2]都凉了，大家也不管。还有许多鲜花和一件礼物——银质果盘，这是姑娘们私下里凑钱买的。

格蕾丝不停地说“谢谢你们”、“我太感激了”、“我都不知道说什么好”，直说得这些话不停地在脑子里回响，直笑得嘴角生疼，她觉得这个下午好像永远过不完。

大约四点钟时，拉尔夫打电话过来，听上去兴高采烈的。“你在做什么，宝贝？”他问，还没等她回答，他又说，“听着，猜猜看我得了什么？”

---

① 布鲁明戴尔商场：Bloomingdale's，纽约著名的百货商场。

② 皇家鸡饭：chicken à la king，一道法国菜。

“我不知道。是礼物还是什么？什么东西?”她尽量让声音听上去很兴奋,但这还真不容易。

“奖金。五十块钱。”她好像能看到他说“五十块”时那扁扁的嘴唇,那份认真劲只有在他说钱的数目时才可一见。

“哦,好好啊,拉尔夫,”她说。即使她的语调里有一丝倦意,他也没察觉到。

“好好啊,是不是?”他笑着说,学着姑娘们说这个词的腔调。“你喜欢吗,啊,格蕾西[①]？不,可我是说我真的很意外,你知道吗？老板说‘给你,拉尔夫’,他递给我这个信封。脸上毫无表情,甚至一丝笑容都没有。我想,怎么回事？我被解雇了,还是出了别的什么事？他说‘打开,拉尔夫,打开看看’。我就打开了,我再看他时,他笑得嘴咧得有一里宽,”他小声笑着,叹了口气,“好吧,听着,宝贝。你要我今晚什么时候过来?”

“噢,我不知道。尽早吧,我想。”

“好,听着,我得去埃迪家拿他借给我的旅行包,所以我可能会这样:先去他那里,接着回家吃饭,然后大概八点半或九点去你那里。行吗?”

“好啊,”她说。“到时见,亲爱的。”她叫他“亲爱的”没有多久,在决定要嫁给他后才开始这样称呼他,这个词听上去还

---

① 格蕾西:Gracie,格蕾丝的昵称。

那么陌生。当她清理桌上的那堆办公用品时(她实在无事可做),一阵熟悉的惊慌攫住了她:她不能嫁给他——她根本不了解他。有时候,又完全相反,她觉得不能嫁给他正是因为她太了解他。不管哪种情况,都让她拿不定主意,当初室友玛莎说的那些话还影响着她。

“他真搞笑,”玛莎在他们第一次约会后说。“他说‘卫星间’。我不知道真有人会说‘卫星间’。”格蕾丝咯咯笑了,觉得这实在很好笑。那段时间她觉得玛莎事事都对——事实上,当时在《纽约时报》的广告栏中找到玛莎这样的女孩合租,对她来说似乎真是再幸运不过了。

但拉尔夫整个夏天都锲而不舍地追求格蕾丝,到秋天时,格蕾丝开始站在他一边了。“为什么你不喜欢他,玛莎?他人真的很好。”

“噢,每个人都很好,格蕾丝,”玛莎用她的学院派腔调说,这种腔调可以让荒唐的事听起来很合理。她正在小心翼翼涂指甲油,这时她抬起头,目光离开涂得很漂亮的手指甲,“他就是那种有点——有点像条白虫。你懂吗?”

“我不懂这跟他的肤色有什么关系……”

“噢,天啊,你知道我的意思吧。难道你不明白我在说什么吗?噢,他的那些朋友,他的埃迪、他的马蒂,还有他的乔治,以及他们那种小气、穷酸的职员生活,他们那种小气、穷酸的……他们都一个德性,那些人。他们就会说‘咳,你的巨人队怎么样了?’或者‘嗨,你的扬基队呢?’他们全都住在城外很远的桑尼塞德或伍德海文或其他某个脏乱差的地方,母亲们都在壁炉架上摆些该死的陶瓷小象。”玛莎说完又皱着眉头涂她的指甲去了,明确表示本次谈话结束。

那年秋天直到冬天,格蕾丝都很迷茫。有一阵子,她试着只跟玛莎说的那种男人出去约会——那种男人总是用“很风趣”这样的字眼,总穿着制服一样的窄肩法兰绒外套;又有一阵子,任何约会她一概不赴。她甚至在事务所圣诞派对上对阿特伍德先生做出那样疯狂的举动。而拉尔夫一直在给她打电话,在她住所附近徘徊,等待她做决定。有一次她带他回了宾夕法尼亚的家(她从不敢想象带玛莎回家会是什么样子),见了父母,但直到复活节她才最终接受他。

皇后区的美国退伍军人协会经常组织大型舞会,拉尔夫那帮人常去,那次他们也去了。当乐队奏响《复活节游行》的乐曲时,拉尔夫紧紧地拥着格蕾丝,几乎让她动弹不得,他还在耳边轻声哼着旋律。她从来没想到拉尔夫会有这种举动——这么甜蜜温柔——很可能那会儿她并没有决定嫁给他,但至少打那以后她开始想这个问题了。那一刻格蕾丝摇曳在他沙哑的吟唱里,歌声穿过她的发丝,仿佛就是在那一刻她决定以身相许:

“我是这么幸运

当他们打量着你
我是复活节游行队伍中
最骄傲的人……”

那个晚上，她告诉了玛莎，现在她还清晰地记得玛莎脸上的表情。“噢，格蕾丝，你不是……你一定不是认真的。我是说，我觉得他不过是个笑话……你不会真的说你想……”

“闭嘴！你别说了，玛莎！”她哭了一晚上。为此她现在还恨玛莎；即使现在，她两眼茫然地瞪着靠墙的那排文件柜惊恐地想到：玛莎也许是对的。

姑娘们嘻嘻哈哈的笑声袭来，她吃了一惊，看到两个女孩——艾琳和露丝——在打字机那边张嘴笑着，还指了指她。“我们看见你了！”艾琳唱道。“我们看见你了！又走神了，啊，格蕾丝？”露丝还滑稽地模仿她出神的样子，挺起平平的胸部，眨眨眼，她们笑得七歪八倒。

格蕾丝定了定神，重新恢复了单纯、开朗的新娘模样。现在要做的是想想接下来的安排。

明天早上，像妈妈说的“大清早的”，她在宾州火车站与拉尔夫会合，一起回家。他们大概一点钟能到，父母会在车站接他们。“见到你很高兴，拉尔夫！”爸爸会说，而妈妈可能会吻他。温馨而舒适的家庭气氛笼罩了她：他们不会叫他白虫；他们压根不会知道什么普林斯顿的男人、“有意思”的男人、玛莎说得神气活现的任何其他类型的男人。爸爸可能会叫上拉尔夫出去喝啤酒，带拉尔夫参观他工作的造纸厂（而至少拉尔夫也不会瞧不起在造纸厂上班的人），晚上，拉尔夫的家人和朋友会从纽约赶过来。

晚上她会有时间跟妈妈好好聊聊，第二天早上，"大清早的"（一想到妈妈淳朴、快乐的脸，格蕾丝眼睛一阵刺痛），他们会穿上结婚礼服。接着去教堂举行仪式，然后是酒宴（爸爸会喝醉吗？穆里尔·克切会因为没有当上伴娘而生气吗？），最后，他们将坐火车去亚特兰大，住酒店。但从酒店开始，她就不能再做什么计划了。大门在她背后关上，只留下一片疯狂而虚幻的寂静，全世界除了拉尔夫再没有别人能为她指路了。

"好了，格蕾丝，"阿特伍德先生说，"祝你永远幸福。"他站在她桌旁，已戴上帽子，穿好衣服，周围整理桌椅的声音说明五点钟了。

"谢谢你，阿特伍德先生。"她站起来，突然姑娘们全都围过来，她们争着向她道别。

"祝你好运，格蕾丝。"

"给我们寄张卡片，啊，格蕾丝？从亚特兰大哦。"

"再见，格蕾丝。"

"晚安，格蕾丝，听着：万事如意。"

最后，格蕾丝终于摆脱了她们，出了电梯，出了大厦，穿过人群，急急赶往地铁。

回到家，玛莎站在厨房门口，穿着一套素雅的新衣服，看上去很苗条。

“嗨，格蕾丝。我打赌她们今天几乎生吞了你，是不是？”

“噢，还好，”格蕾丝说。“每个人都——非常好。”她坐下来，筋疲力尽，把花、包起来的果盘扔在桌上。这时，她发现整个房间打扫擦拭过了，厨房里正做着饭。“哟，一切都这么好，”她叫道。“你为什么这样做？”

“噢，好了。我要早点回家，”玛莎说着笑了，格蕾丝很少看到她像今天这般腼腆。“我只是想让房间在拉尔夫过来时看上去像样点。”

“哦，”格蕾丝说，“你真是太好了。”

玛莎现在的样子有点让人吃惊：她看上去很不好意思，手上转动着一把油腻腻的锅铲，小心翼翼地与她的新衣服保持一定距离，还仔细盯着它看，好像有什么话难以启齿。“你看，格蕾丝，”她开口了。“你知道我为什么不能参加你的婚礼，对吧？”

“噢，当然，”格蕾丝说，实际上她不知道，压根不知道。似乎是她得赶在哥哥参军之前，去哈佛见他一面，但打一开始这听上去就像个谎言。

“我只是讨厌让你觉得——嗯，不管怎样，我很高兴你明白我为什么去不了。还有件事我更想说说。”

“什么?”

“嗯,我对以前说过的那些关于拉尔夫的坏话感到很抱歉。我没有权利对你那样说。他是个非常可爱的小伙子,我——嗯,我很抱歉,就这些。”

格蕾丝一阵感激与欣慰,想掩饰都掩饰不住,她说:“喔,没什么,玛莎,我……”

“肉排烧糊了!”玛莎返身冲回厨房。“还好,”她叫道。“还可以吃。”当她出来摆好饭菜时,又恢复了往日的神态。“我得赶快吃,吃完就得跑。”她们坐下时她说。“我的火车四十分钟后开。”

“我以为你明天才走。”

“嗯,原打算明天的,”玛莎说,“但我决定今晚就走。因为你看,格蕾丝,还有件事——如果你能再接受一个道歉——我感到抱歉的是我从没给你和拉尔夫单独相处的机会。因此,今天晚上我打算消失。”她犹豫着说。“就把这当作我的结婚礼物吧,好吗?”她笑了,这次并不是害羞的笑,而是笑得更符合她的本性——眼睛在饱含深意的一眨之后微妙地移开了。格蕾丝在历经怀疑、迷惑、敬畏、实际模仿种种阶段后,早就将这种微笑与“老于世故”这个词联系在一起了。

“噢,你真是太可爱了,”格蕾丝说,但她并不真的明白玛莎所指为何。直到吃过饭,洗了碗,直到玛莎飞也似的化妆,拎着行李飞快道别,去赶火车后,她才有点明白。

她放了一大缸水,意乱情迷地洗了个泡泡浴,又花很长时间擦干身体,还在镜子前摆出各种姿势,心中慢慢萌生出奇怪的兴奋。在卧室里,她从昂贵的白色礼盒中,从那堆为结婚准备的薄纱衣衫中抽出最心爱的透明白尼龙睡衣和配套吊带睡裙,穿上后,她又走到镜子前。她以前从没这样穿过,也从没有这样的感觉,想到待会儿拉尔夫将看到她这副打扮,她忍不住走到厨房,喝了杯干雪利酒,那是玛莎留着开鸡尾酒派对时用的。然后她留下一盏灯,把其余的全关掉,端着杯子,走到沙发前,窝在沙发里等他来。过了会儿,她又站起来,把雪利酒瓶拿过来放到茶几上,还在那里摆了个托盘和一只杯子。

拉尔夫离开办公室时,隐隐觉得有点失望。不管怎么说,他对婚礼前的这个星期五还是充满期盼的。奖金支票还好(虽然他私底下希望奖金数额多一倍),吃中饭时,办公室的小伙子们请他喝了瓶酒,开着有分寸的玩笑("啊,不要难过,拉尔夫——更糟的还在后面"),但实在应该有个真正的派对才好。不光是办公室里的小伙子们,还有埃迪,所有朋友都应该有所表示才对。而现在只有去白玫瑰酒吧见埃迪,就像一年中随便哪个晚上一样,然后坐车回埃迪家取他的旅行包,然后吃饭,然后一路坐车回曼哈顿,去见格蕾丝,在她那里呆上一两个小时。他到酒吧时,埃迪还没来,这更让他觉得孤独,心头隐隐作痛。他郁闷地喝着啤酒,等埃迪。

埃迪是他最好的朋友，理想的好男人，因为起初想追求格蕾丝的是他。就是在这间酒吧里，拉尔夫跟他说了他们去年的第一次约会："喔，埃迪——好大一对波啊！"

而埃迪咧开嘴笑了，"是吗？她那个室友长什么样？"

"啊，你不会喜欢那个室友的，埃迪。那个室友是个小人，还势利，我想没错。可是这个，这个小格蕾西——伙计，我是说，魔鬼身材啊！"

每次约会有一半的乐趣——甚至更多，都来自于事后找埃迪倾诉，还有不时的添油加醋、吹牛，要埃迪出主意接下来该如何行动。但从今往后，这以及许多其他的快乐，都将被抛在身后了。格蕾丝答应过他，结婚后，至少每星期有一天可以跟他那帮朋友玩。但即使这样，一切也全变了。姑娘们是无法理解友谊这种东西的。

酒吧里的电视在播一场棒球赛，他百无聊赖地看着，失落的感伤痛苦让喉咙都有点肿痛。他几乎将一生都投入了男人间的友谊，努力做一个好伙伴，而现在生命中最美好的时光结束了。

终于埃迪用硬邦邦的手指戳了戳他屁股，算是打了招呼。"你在干吗，伙计？"

拉尔夫心中渐生厌恶，眯起眼睛，慢慢转过身来。"你怎么啦，滑头？走错路了？"

"你干吗——急什么？"埃迪说话时嘴唇几乎不动。"你不能等两分钟吗?”他懒懒地坐在高脚凳上,身子转了半个圈,对侍应生说,“杰克,给我来一杯。”

他们喝着酒,盯着电视,一声不吭。“今天发了一点奖金,”拉尔夫说。“五十块。”

“是吗?”埃迪说。“不错啊。”

电视上三击不中出局;一局结束,广告开始了。“那么?”埃迪说,摇着杯子里的啤酒。“还是打算结婚?”

“为什么不?”拉尔夫耸了耸肩。“听着,快点喝好吗? 喝完这杯,我想走了。”

“等会儿,等会儿。你急什么?”

“快点,行不行?”拉尔夫不耐烦地起身离开酒吧。“我想去拿你的包。”

“啊,包。不就是个包嘛。”

拉尔夫折返回来,怒冲冲地盯着他。“听着,滑头。没人强迫你借我那该死的包,你知道。我不想伤你心或什么……”

“好了,好了,好了。去拿包吧。别那么着急。”埃迪喝完啤酒,擦擦嘴。“走吧。”

为了蜜月旅行向埃迪借包是拉尔夫的心头之痛;他宁愿自己买。他们每晚去搭地铁都要路过的那家皮包专卖店橱窗里就摆着一个大大的,茶色格拉德斯通旅行提包①,两边还各

① 格拉德斯通旅行提包:Gladstone,美国一种品牌旅行包,款式为中间对开。

有一层拉链,三十九元九十五分——拉尔夫自从复活节起就看中了。“我想买下它,”他随口告诉埃迪,就像那天他宣布订婚那样不经意(“我想娶那个姑娘”)。埃迪的两次反应都一样:“你……疯了吗?”两次拉尔夫都说:“那又怎么样?”他还为这个包找理由:“结婚了,我需要这样的东西。”从那时起,好像那个包就是格蕾丝本人,象征着他追求的崭新而阔绰的生活。但在付完戒指、新衣服和所有其他开销后,最后发现他买不起了;他只好向埃迪借,两个包看上去一样,但埃迪的包差得多,也旧很多,更没有拉链。

现在他们又经过这家皮包专卖店,他停下脚步,突然冒出个冲动的想法。“嘿,等等,埃迪。知道我想怎么花这五十块钱吗?我要买下这个包。”他呼吸有点急促。

“你……疯了吗?四十大元买个一年用不上一次的包?你疯了,拉尔夫。快走吧。”

“啊……我不知道。你觉得呢?”

“听着,你最好还是留着你的钱吧,伙计。你以后会用得着的。”

“啊……好吧,”拉尔夫终于说。“我想你是对的。”他追上埃迪,朝地铁走去。他生活中的事情总是这样;只有他领上更像样的薪水后他才能拥有那样的包,他认了——就像只有结婚后他才能得到他的新娘一样,这个事实他也只有无条件接受,想到这里,他生平第一次低声叹了口气。

地铁吞没了他们，经过半小时的丁零当啷、摇摇晃晃、神思恍惚，最后将他们吐出在皇后区清凉的黄昏里。

他们脱下外套，松开领带，让晚风吹干刚才走路汗湿的衬衣。“那么我们怎么办？”埃迪问。“明天我们什么时候在宾夕法尼亚的小乡村露面好？”

“啊，随你们便，”拉尔夫说。“晚上什么时候都行。”

“我们到那里后做什么呢？在那见鬼的小村庄里你能做什么，啊？”

“我不知道，”拉尔夫辩解地说。“我想也就是到处坐坐，说说话吧；跟格蕾丝的老爸喝啤酒，或干点什么；我不知道。”

“天啊，”埃迪说。“那以后周末你时不时得去。这可真够你受的。”

拉尔夫突然怒火攻心，在人行道上停下来，他把有点湿的外套团在手里。“嘿，你这个杂种。没人请你来，你懂吗——你、马蒂或乔治，随便你们哪个。我把话说明白了，我可不需要你们赏脸，懂吗？”

“你怎么啦？”埃迪问道。“你怎么啦？难道不能开个玩笑？”

“玩笑，”拉尔夫说。“你有开不完的玩笑。”他跟在埃迪后面一步一步往前挪，十分生气，觉得自己都快要掉眼泪了。

他们拐进那个住了多年的街区，街边两排整齐划一、一模一样的房子，他们在那里打架、游逛、玩棍球，一起长大。埃迪推开他家前门，催拉尔夫快点，门廊里花椰菜、套鞋散发出的家庭气息迎面扑来。“进来吧，”他边说边用大拇指朝关着门的客厅指了指，然后侧身，示意拉尔夫先进去。

拉尔夫打开门，往里走了三步，顿时惊呆了，好像下巴上遭人重击一拳。房间里一片寂静，挤着一堆咧嘴而笑的红脸男人——马蒂、乔治、这个街区的所有小伙子、办公室的小伙子——每个人，所有朋友，都站在那里，一动不动。瘦子马奎尔弓着腰站在竖式钢琴前，十指张开悬在琴键上方，当他敲下第一个欢快的和弦时，歌声脱口吼出，大家手握成拳打着拍子，一张张嘴咧得老大，歌声都走调了：

“他是个溃（快）乐的哈（好）小后（伙）
他是个溃（快）乐的哈（好）小后（伙）
他是个溃（快）乐的哈（好）——小后（伙）啊
没有人能否认！”

拉尔夫几乎站不稳，他往后退了一步站在地毯上，眼睛瞪得老大，咽了口唾沫，手里还拿着外套。“没有人能否认！”他们还在唱，“没有人能否认！”正当大家要开始第二段时，埃迪秃了顶的父亲喜洋洋地从厨房门帘后走出来，嘴里唱着歌，两手各端着一壶啤酒。终于，瘦子在琴键上砸出最后一句：

“没—有—人—能—否—认！”

然后他们都欢呼着涌向拉尔夫，抓着他的手，用力拍着他的胳膊他的背，拉尔夫站在那里浑身颤抖，声音淹没在众人的喧哗声中。“噢，伙计们……谢谢。我……不知道说什么……谢谢，伙计们……”

这时人群分成两半，埃迪慢慢走到中间，眼里闪着爱的笑意，一只手拎着个旅行包，有点局促——那不是他的包，而是只崭新的：大大的，茶色格拉德斯通旅行提包，两边都有层拉链。

“说几句！”他们喊道。“说几句！说几句！”

但是拉尔夫什么也说不出，怎么也笑不出。他甚至什么都看不见。

十点了，格蕾丝开始咬着嘴唇，在房间里走来走去。如果拉尔夫不来怎么办？不过，他当然会来的。她又坐下来，仔细抚平大腿周围尼龙裙上的折痕，尽量让自己平静下来。如果她太紧张，整件事就会给毁了。

门铃声响起来，她惊得像触了电似的。去开门时走到一半，又停下来，深深吸口气，镇静后她按下门锁，门打开一道缝，看着他上楼。

她看见拉尔夫拎着旅行包在上楼，也看见他脸色苍白，神情严肃。她一开始还以为他知道了；他已经做好准备进门就把门锁上，一把将她搂进怀内。“嗨，亲爱的，”她温柔地说，把门开大了一点。

“嗨,宝贝。”他一阵风似的扫过她身边,走进屋。“我来迟了,啊? 你睡了吗?”

“没有。”她关上门,腰靠在门上,两手反抄在身后,握着门把手,这是电影里女主角惯用的关门姿势。“我只是……在等你。”

他没朝她看,径直走到沙发边,坐下来,把旅行包放在他膝下,手还不停地抚摸着它。“格蕾西,”他说,几乎是在耳语。“看看这个。”

她看着它,接着又看看他忧伤的双眼。

“还记得吗,”他说,“我跟你说过我想买个这样的包? 四十块?”他停下来,四处看看。“嘿,玛莎呢? 她睡了吗?”

“她走了,亲爱的,”格蕾丝说,慢慢移到沙发前。“她走了,整个周末都不在。”她坐在他身边,靠近他,给他一个玛莎式的特别笑容。

“噢,是吗?”他说。“那好啊,听着。我说过我不买了,向埃迪借,记得吗?”

“嗯。”

“所以,今晚,在白玫瑰酒吧那儿,我说,‘快点,埃迪,我们走,去你家拿你的旅行包。’他说,‘啊,不就是个包嘛。’我说,‘怎么回事?’但他什么也没说,懂吗? 所以我们就去他家,他家的客厅门关着,知道吗?”

她身子蜷得更紧，又向他靠近了一些，把头靠在他胸膛上。他很自然抬起一只手，搂过她的肩，接着说道。“他说，‘走啊，拉尔夫，开门啊。’我说，‘搞什么鬼？’他说，‘没什么，拉尔夫，开门啊。’所以我就推开了门，噢，天啊。”他的手指紧紧抓住她的肩膀，那么用力，她害怕地抬起头来看着他。

“他们全在那里，格蕾西，”他说。“所有的家伙。弹钢琴、唱歌、欢呼——”他的声音有点飘忽，眼睛紧闭，看得出睫毛润湿了。“一个意外的大派对，”他说，尽量想笑笑。“为我举行的。真想不到啊，格蕾西！这时——这时，埃迪走过来——埃迪走过来，递给我这个包，和我这段时间看中的那个包一模一样。他用自己的钱买下了，他什么也没说，只想给我个惊喜。‘给你，拉尔夫，’他说。‘我只想让你知道你是世界上最好的家伙。’”他的手又捏紧了，还在哆嗦。“我哭了，格蕾丝，”他低声说。“我实在忍不住。我想他们这群家伙没有看到，可实际上我哭了。”他扭过脸去，极力咬着嘴唇，不让眼泪掉下来。

“你想喝点什么吗，亲爱的？”她温柔地问道。

“嗯，没什么，格蕾西，我很好。”他轻轻地把旅行包放在地毯上，“不过，给我根烟吧，好吗？”

她从茶几上拿了根烟，放进他嘴里，帮他点着。“我给你倒杯酒吧，”她说。

烟雾中他皱了皱眉。“你有什么酒，雪利酒？不，我不想喝那东西。再说，我满肚子啤酒。”他仰靠在沙发上，闭上眼睛。“接着埃迪的妈妈给我们做了一桌子好吃的，”他接着说，声音差不多正常了。“我们吃了牛排、炸薯条”——他的头靠在沙发上，每说一道菜名就转动一下，“生菜西红柿沙拉、泡菜、面包、黄油……应有尽有。”

“好啊，”她说。“那不是很美嘛。”

“接下来，我们还吃了冰淇淋，喝了咖啡。”他说，“我们敞开肚子，能喝多少就喝了多少啤酒。我是说，好丰盛的一顿啊。”

格蕾丝双手抚摸着大腿，一半是为抚平尼龙上的褶皱，一半是为了擦干手掌上的汗。“哦，他们可真是太好了，”她说。他们静静地坐在那儿，好像过了很久。

“我只能呆一会儿，格蕾丝。”拉尔夫最后说。“我答应他们我还回去的。”

她的心在尼龙睡裙下跳得扑通直响。“拉尔夫，你——你喜欢这个吗？”

“什么，宝贝？”

“我的睡裙啊。我本来打算在婚礼后才穿给你看的，但是我想我——”

“好看，”他像个商人似的，用拇指与食指捻了捻那轻纱样的东西。“很好。你花了多少钱，宝贝？”

“哦——我不知道。可是你喜欢它吗？”

他吻了吻她，终于开始用手抚摸她。“很好，”他接着说。“很好。嘿，我喜欢这衣服。”他的手在领口那里犹豫了一下，滑进睡衣里，握着她的乳房。

“我真的爱你，拉尔夫，”她低声说。“你知道的，是吗？”

他的手指揉捏着她的乳头，一次而已，马上又飞快地滑出来。数月以来的禁令，这习惯太强了，他没法打破。“当然，”他说。“我也爱你，宝贝。现在做个乖女孩，睡个好觉，我们明天早上见。好吗？”

“哦，拉尔夫。别走，留下来。”

“啊，我答应过那帮家伙，格蕾西。”他站起来，理理衣服。“他们在等着我呢，都没回家。”

她腾地站起来，迸发出一声大叫，这声音从她紧闭的双唇中发出来，是一个女人、一个妻子哀怨的呼喊：“他们不能等等吗？”

“你——疯了吗？”他退后几步，双目圆睁，一副理所当然的表情。她该理解才是，该死的，如果结婚前她就这样，结婚后还得了？“你还有没有良心，啊？今天晚上让他们等着？在他们为我做了这许多之后？”

那一两秒钟，她的脸似乎没有他以前觉得的那么美了。但她脸上旋即又露出一丝微笑，“当然不能。亲爱的，你是对的。”

他走上前来，手温柔地抚过她的下巴，微笑着做出一个丈夫的保证。“这样才对,”他说。“明天早上九点,我在宾州火车站等你。好吗,格蕾西?只是我走之前——”他眨眨眼,拍着肚子。“我满肚子啤酒。不介意我用用你的卫星间吧?”

当他从洗手间出来时,她站在门口等着道晚安,双手抱在胸前,好像是为了取暖。他可爱地拎起新旅行包,晃了晃,也站到门口来。“好了,那么,宝贝,”他吻了吻她说,“九点。别忘了。”

她疲惫地笑了,为他开门。“别担心,拉尔夫,”她说。“我会在那里的。”

乔迪[1]撞大运

瑞斯军士，田纳西人，身材修长，沉默寡言，身穿迷彩服也显得整洁干练，跟我们期待中的步兵排长完全不同。不久我们就了解到，他是那种典型——几乎可以说是某种样板——三十年代时卷入正规军，然后留在军中，成了战时训练中心的骨干，可是当时他让我们很吃惊。我们很天真，我以为我们会遇上更像维克多·麦克拉格伦[2]那样的军士——身体结实、爱吼叫，并且十分严厉，然而可爱，像好莱坞老电影里的那种人。瑞斯确实很严厉，可他从不咆哮，而我们也不爱他。

第一天点名时，他叫不出我们的名字，就此跟我们有了距离。我们全都来自纽约州，大部分名字确实需要点努力才叫得出来，可是瑞斯被它们难倒了，简直大大出了场丑。对着花名册，他单薄的五官皱成一团，每说一个不熟悉的音节，唇上的小胡子就猛地一抽。“蒂——蒂——爱丽丝——”他结结巴巴地叫道。“蒂·爱丽丝——”

“到，”达利山德罗说，几乎每个名字都像这样。当他与沙赫特、斯科吉利奥、西兹科维奇这些名字搏斗完毕，他遇到了史密斯。“嘿，史密斯，”他说，抬起头，慢慢咧嘴而笑，可笑容一点都不迷人。“见鬼，你跟这帮大猩猩搅和在一起干什么？”没人觉得这好笑。最后他点完名，把点名簿夹在腋下。“好啦，”他对我们说。“我是瑞斯军士，你们的排长。那就是说我说做什么，你们就得做什么。”他瞪着我们看了好长时间，上下打量评价着。“全排！”他突然吼道，胸腔都跟着往上跳。“解——散！”他的暴政开始了。到这天结束时，以及从此后的许多天里，他的形象，用达利山德罗的话说，就是蠢货瑞贝尔[3]杂种，在我们心里牢牢树立起来。

在此我最好说明一下，我们大概也不怎么可爱。我们都才十八岁年纪，全排都是帮混沌糊涂的城市小孩，这就决定了我们对基本训练缺乏热情。那个年纪的小伙子这般冷漠可能不太正常——肯定也不讨人欢喜——可这是 1944 年，战争不再是什么新鲜事，苦涩是种时髦的情绪。满腔热情的投军只意味着你还是个不谙世事的孩子，没人愿意这样。私下里我们可能向往战斗，至少渴望勋章。可是表面上，我们是帮无耻的、自以为是的家伙。要把我们训练成军人，一定是件棘手的

---

① 乔迪：Jody，乔迪是美国征兵部门给符合要求却不服役的平民的外号。乔迪要么是“身体状况不适合服役”，要么是缺乏军人的勇敢或者纪律性。

② 维克多·麦克拉格伦：Victor McLaglen，一战老兵，因《告密者》一片获得第八届奥斯卡最佳男主角奖。

③ 瑞贝尔：指美国南北战争时期南部联盟的士兵。

活，瑞斯首当其冲，承受着最大的压力。

可是，当然，一开始我们没想到这层原因，只知道他管得太严，我们恨透了他的毅力。我们很少见到中尉，一个胖胖的、年轻的军校毕业生，他隔很长时间才露一次面，总是说如果我们跟他合作，他也会跟我们合作；我们也很少见到连长（除了他戴眼镜外，我连他长什么样也不记得了）。可是瑞斯总在那里，沉着而不屑，除了发命令，从来不说话，只有冷酷，没有笑容。我们观察其他排就知道他对我们特别严厉；比如，在定量用水上，他有自己的管理方式。

那时正好是夏天，营地被得克萨斯酷热的阳光晒蔫了。大量供应的食盐片剂让我们在夜幕降临前勉强保持清醒；盐分随着汗水流失，在我们的工作服上留下一道道白色印渍，我们总是渴得要命，可是营区的饮用水是从数英里远的泉水处运过来的，因此长期以来有个不成文的规矩：省着点用。许多军士自己也渴得要命，因此对这个规矩要求不是那么严，可是瑞斯却把它记在了心里。“如果你们这帮人对什么是军人一无所知，”他说，“你们可以从饮水纪律中开始学习。”装水的军用帆布袋胖胖的像牛、羊这类动物的乳房，沿路每隔一段距离就挂一个，尽管水给晒得烫烫的，喝上去还有股化学物质的苦味，但每天上午和下午我们最盼望的时刻便是命令我们把军用水壶装满的那刻。大部分排会你推我挤地抢一个军用水袋，让它的小小钢乳头工作到袋子瘪了，缩了，下面的地上留下一条湿印。可我们不是这样。瑞斯觉得每人每次装半壶水就足够了,他会站在帆布水袋旁边严密监视,让我们排成两行,按秩序接水。如果谁在水袋下举着水壶的时间长了点,瑞斯会让大家全停下,把那人揪出队伍,说:“把它们倒出来。全倒出来。”

“如果我这样干,我就不是人!”有一天,达利山德罗把他给顶了回去,我们全都站在那里,呆住了,看他们在毒日头下相互瞪眼。达利山德罗是个壮实的小伙子,眼神凶狠,才几周就成了我们的发言人;我猜他是唯一够胆,敢于来上这么一出的人。“你以为我是谁,”他叫道,“跟你一样,是头该死的骆驼?”我们哈哈笑了。

瑞斯命令我们其余的人保持安静,等大家止住笑声后,他转身对着达利山德罗,眯缝着眼,舔着干嘴唇。“好吧,”他平静地说,“喝了它。全都喝了。你们其余的人往后退,离水袋远点,手从水壶上放下。你们给我看着。来吧,喝。”

达利山德罗咧嘴冲我们一笑,虽然赢了,却有些紧张。他开始喝起来,只在换气时才停下,水从他胸前滴下。“给我接着喝,”他每次停下来,瑞斯都会大叫一声。我们绝望地看着,渴得要命,不过我们有点明白了。水壶空了后,瑞斯又叫他装满。达利山德罗照做了,还在笑,但看起来开始不安了。“现在把它给喝了,”瑞斯说。“快点,快点。”达利山德罗喝完后,喘着粗气,手里举着空水壶。瑞斯说:“现在戴上你的头盔,拿着步枪。看到那边的兵营了吗?”一栋白色的建筑在远处微微闪光,几百码远。“跑步去兵营,绕过它,然后跑步折返回来。你的兄弟们在这里等你,你回来后,他们才有水喝。好了,现在,走。走。跑步走。”

出于对达利山德罗的忠诚,我们谁也没笑,但是他费力地小跑着穿过训练场,头盔晃荡着,那样子真可笑。还没到兵营,我们看到他停住,蹲下来,大口呕着水。接着,他摇摇晃晃站起来,我们看到远处尘土中他小小的身影,消失在兵营后,终于又出现在兵营的另一边,开始漫长的回程。最后他回来了,倒在地上,精疲力竭。“现在,”瑞斯温和地说。“喝够了吗?”直到这时,他才允许我们其余的人用水壶接水,一次两人。我们全接完后,瑞斯敏捷地蹲下,自己接了半壶水,一滴也没洒出来。

他就做这种事,每天如此。如果有人说他只是在做自己分内的工作而已,我们的反应绝对是一阵长长的、完全一致的布朗克斯嘘声①。

我想我们对他的敌意有所松动,是在训练期开始不久。一天早上,有个指导员,一个身材高大的中尉,教我们如何使用刺刀。我们想当然地认为,在我们即将参加的大规模现代战争中,可能没人会命令我们用刺刀搏斗(而且也想当然地觉

① 布朗克斯嘘声:Bronx cheer,纽约棒球迷对裁判表示不满时发出的嘘声。

得，即使要求我们拼刺刀，我们有没有掌握更好的挡、刺部位，其实真没什么太大差别），所以那天上午我们甚至比平时更懒散，任指导员对我们讲述一通，然后站起来，照他描述的要点，笨手笨脚地做着不同的姿势。

其他排看起来比我们更糟，看着全连都这么沉闷、无能，指导员摩挲着嘴唇。“不对，”他说。“不，不，你们根本没领会。你们往后退回原地，坐下。瑞斯军士，请上前到中间来。”

瑞斯一直和其他排长坐在一边，通常是个无聊的小圈子，离训练地很远，可他立即起身，走上前来。

“军士，我要你给这帮人演示一下如何使用刺刀，”指导员说。从瑞斯举起手中上了刺刀的步枪起，我们知道，不管愿不愿意，我们有好戏看了。那种感觉是在棒球比赛中，一名大力击球手在挑选球棒时你才会有的感觉。在指导员的命令下，他干净利落地做好每一个动作，修长的身材保持不动，指导员蹲下来，绕着他来来回回地讲解，指出他身体重心的分配、四肢的角度，解释为什么要这样做。接着，示范的最高潮到了，指导员让瑞斯单独做完全套刺刀课程。他动作很快，但从不会失去平衡，更没有一个多余的动作，他用步枪枪托砸碎木头垒成的肩膀，把刺刀深深插入一捆树枝做成的、颤抖着的人体躯干，再拔出来，又插入另一个之中。他看上去很棒。说他燃起了我们的敬佩之情也许有点过了，可是看到他把活干得如此漂亮，真让人心旷神怡，明显给其他排的士兵留下了深刻印象。虽然我们排谁也没说什么，可我想因为他，我们有点得意。

当天第二节课是密集队形操练，这种课排长有绝对控制权，半小时内，瑞斯的呵斥又让我们公然憎恨起他来。“该死的，他在想什么，”沙赫特在队伍里嘀咕着，“现在他可成了大人物，就因为他是个愚蠢的刺刀高手？”大家都有种说不清的惭愧，仿佛差一点就上当了。

我们最后改变了对他的态度。但要特别指出的是，不是因为他的行为，而是由于我们对整个军队，对我们自己态度的转变。步枪射击，是我们唯一完全喜欢的训练内容。经过无数小时的队形操练和软体操，日头下单调地听了无数小时的讲课，在令人中暑的板房里看了无数小时的训练影片后，实地走出去，打靶射击，很是令人期待。待到真的射击时，你发现的确很有意思。你趴在射击地线地基上，步枪支撑架紧贴着你的脸颊，油光闪闪的子弹匣就在手边，真的让你十分畅快；你眯起眼望出去，隔着一大段地面，看到靶子，同时等着扬声器里标准声音发布开火信号。“右边准备。左边准备。射击地线准备……示风旗升起。示风旗飘动。示风旗降下。开始——射击！”你耳朵里一阵步枪的巨响，你紧扣扳机，开火时强烈的后坐力，都让你激动得透不过气来。然后你放松下来，看着远处的靶子滑下去，下面坑里看不见的手在操纵。片刻后，它再次出现时，有个彩色圆盘跟着冒上来，摇晃着，落下，显示你的得分。跪在你身后的记分人员会嘟囔着“打得不错”或“马马虎虎”，于是，你又在沙地里蠕动着，再次瞄准目标。与兵营里我们碰到的其他任何事都不同，射击能激起我们的竞争本性，我们想让我们排比其他排做得更好，没什么比这更能激发起我们真正的团队精神。

我们在射击场上待了大约一周，每天很早就去，在那里待上一整天，在野外炊事班吃中饭，与以前在闹哄哄的大食堂里吃饭相比，这是让人精神为之振奋的改变。还有个好处——看来也是最大的好处——射击场让我们能暂时躲开瑞斯军士。他带领我们行军到射击场，然后回去。他在兵营里监督我们把步枪擦干净，可是一天中大部分时间他把我们交给射击场的那帮人，他们客观、和善，不会过于注重细枝末节的纪律，而是更在乎你的枪法。

然而，在瑞斯管我们的时候，他还是有很多机会欺负我们。不过，我们发现在射击场上待了几天后，他对我们不那么严厉了。比如，当我们喊着口令走在路上时，他不会像以前那样，让我们一遍又一遍地喊，一次要比一次大声，直到我们干巴巴的嗓子喊“哈，活，厄，吼！”喊到冒烟为止。现在，他会像其他排的军士一样，喊过一两次口令后就算了。起初我们不明白怎么会这样。“怎么回事？”我们互相问道，迷惑不解。我猜原因其实很简单，只因为我们总算开始做对了，声音足够宏亮，而且非常整齐。我们齐步走也走得很好，瑞斯用他的方式让我们明白了这点。

去射击场的路有几里远，经过营地的那段路很长，那里要求正步走——以前，在彻底走过连队道路和兵营之后，他才同意我们便步走[①]。可是由于我们行军的新成效，我们获准便步走，我们几乎很享受这种走法，甚至热烈地回应着瑞斯的行军歌。这已成了他的习惯：待我们喊完行军口令后，他会喊上一段传统而单调的说唱式行军歌，我们再喊上一句口号应答，以前我们讨厌这个。可现在，行军歌似乎无与伦比地激动人心，这是从旧时战争旧时军队里传下来的地道的民谣，深深根植于我们正要开始理解的生活中。当他把一贯鼻音很重的"离……开……了"扩展成悲伤的小调时，这就开始了："噢，你们有个好家，你们离开了……"我们就回答，"对！"同时右脚落下[②]。在这一主题之下我们会有不同的形式：

"噢，你们有个好工作，你们离开了（左）——"

"对（右）！"

"噢，你们有个好女孩，你们离开了（左）——"

"对（右）！"

然后他会稍稍变点调："噢，乔迪撞大运，你们离开了

---

① 便步走：route step，军队行军的一种模式，可以说话、唱歌，没有齐步走的要求。

② 此处，原文中表示"离开"的"left"一词也有"左"的意思；而表示"对"的"right"一词也有"右"的意思。

(左)——”

“对(右)!”我们军人般齐声吼道,没有谁想过这些话的意思。乔迪是你背信弃义的朋友、软弱的市民,命运之神把你珍爱的一切给了他;接下来一组歌词,全是嘲弄的对句,很显然乔迪总会笑在最后。你可以把行军、射击做到尽善尽美,你可以彻底学会信仰纪律严明的部队,可乔迪是股无法控制的力量,一代又一代骄傲、孤独的人,就像太阳下挥动着手臂、走在我们队伍旁边这位优秀士兵一样,他们面对的就是这种事实。他歪着嘴吼道:“回家也没有用——乔迪抢走你的女人,走了。报数——”

“哈,活!”

“报数!”

“厄,吼!”

“每次你们原地休息的时候,乔迪又得到一个好处。报数!”

“哈,活!”

“报数!”

“厄,吼!”快到营地时,他让我们便步走,我们又成了单个的人,头盔向后扣在后脑勺上,懒懒散散,一路走得没有步调,整齐一致的行军歌落在身后,我们几乎有些失望。从灰尘满天的射击场回来时,我们的耳朵给射击噪音震聋了,在行军的最后一程里,如果喊起正式的行军口令,头高高昂起,背挺得笔直,用我们大声的应答劈开清凉的空气,不知何故,会令我们精神振奋。

吃过饭后,晚上大部分时间我们都在按瑞斯的要求,极其细心地擦拭我们的步枪。我们擦枪时,整个兵营里都弥漫着炮膛清洁剂和机油的味道,浓烈但好闻。当枪擦到瑞斯满意后,我们通常会踱到前面台阶上抽会儿烟,轮流等着冲凉。一天晚上,我们几个在台阶上消磨时间,比平时安静得多,我想,我们突然发现,以前常有的牢骚扯淡少了,再说也与这些天来我们刚觉察到的奇怪的安宁不协调。最后,福格蒂把这种情绪说了出来。他人很正经,只是个头小,是排里的矮子,少不了成为大家取笑的对象。我猜他放松些,别那么端着,于他也不会有什么损失。"啊,我搞不懂,"他倚在门框上叹了口气说,"我搞不懂你们这些家伙,可我喜欢这样——走出去,到射击场上,还有行军什么的。让你觉得你真的像个军人,你们明白我的意思吗?"

这样说是极其幼稚的——因为"像个军人"是瑞斯最爱说的话——我们满腹狐疑地看着福格蒂有一两秒钟。可是达利山德罗面无表情,挨个扫我们一眼,看谁敢笑,结果我们放松下来,不紧张了。像个军人的想法值得尊敬,因为在我们脑子里,这想法连同这个词与瑞斯军士不可分割地联系在一起,他也成了我们尊敬的人。

不久，整个排都变了。我们现在很配合瑞斯，不再跟他作对，我们尽量配合他，而不是假装尽量。我们想做个军人。有时我们努力到可笑的地步，可能会惹得那些小人怀疑我们是在开玩笑——我记得，无论何时，只要他发布命令，我们会非常严肃整齐地回答“遵命，军士”——可是瑞斯板起面孔听着，无比的自信，这是优秀领导者的首要条件。他也非常公平，跟他的严厉如出一辙，毋庸置疑，这是优秀领导者的第二个必要条件。比如，在指派临时班长时，他头脑清晰地否决掉几个为了得到他的赏识一味奉承他的人，而是挑了几个他知道我们会服的人——达利山德罗就是一个，其余几个被选中的也差不多。他的其他准则简单且经典：以自己为表率，凡事追求卓越，从擦拭步枪到卷袜子莫不如此。我们追随他，尽量模仿他。

可是，钦佩卓越容易，喜爱却难，而瑞斯还拒绝让自己讨人喜欢。这是他唯一的缺点，却是个大缺点，因为光有敬佩没有爱，敬佩之情难以持久——至少，在多愁善感的青少年脑袋里是如此。瑞斯像定量分配饮水一样定量分配他的友善：对于每一滴，我们可能备感珍惜，可是我们得到的从来不够多，难以解渴。当点名时他突然正确地叫出我们的名字，当我们发现他批评里的污辱语气日益减少，我们欣喜万分；因为我们知道这些标志着他对我们成长为军人的肯定，可不知怎么地，我们觉得我们有权期待更多。

胖中尉有点怕他，这一发现让我们很高兴；不管中尉何时出现，瑞斯脸上便浮现出高傲的神色，我们很难掩饰我们的快乐，又或者，当中尉说"好吧，军士"时——语调里的不自在，听来几乎像道歉——也让我们十分快乐。它让我们觉得离瑞斯很近，这是军人间骄傲的同盟。有一两次，我们在中尉身后挤眉弄眼，算是他默许了我们对他的恭维，但仅一两次而已。我们可以模仿他走路的姿势、他眯缝着眼凝视远方的样子，把我们的卡其布衬衫改得和他的一样紧身，甚至学他的说话习惯，南方口音什么的，可是我们永远不会认为他是好好乔[①]。他不是那种人。在训练时间里，他要的只是刻板的服从，还有，我们几乎对他一无所知。

晚上，他极少待在营地，偶尔在的几个晚上，他不是一个人干坐着，就是找上一两个和他同样沉默寡言的干部，上陆军消费合作社喝啤酒，别人难以亲近。大部分晚上，以及所有的周末，他都消失在镇上。我肯定我们没有谁指望他会在空闲时间里和我们待在一起——实际上，我们从来就没这样想过——可是哪怕些微了解点他的私人生活也有用。比如，如果他曾和我们一起回忆他的家，或聊聊他和他消费合作社朋友们的谈话，或告诉我们他喜欢小镇上哪间酒吧，我想我们全

① 好好乔：Good Joe，古道热肠的人，好好先生。Joe 通常用来指代那些不知道姓名的普通人，在军队中尤为流行，比如 G. I. Joe 就是对"美国大兵"的俚称。

会又感动又感激。可他从不这样做。更糟的是，我们跟他不同，我们除了每天老一套的操练外，没有真正的生活。小镇那么小，迷宫般灰蒙蒙的板房、霓虹灯闪烁，镇上挤满了士兵。对我们大多数人而言，那里只出产寂寞，然而，我们曾在它的街道上大摇大摆走过。周围没有多少小镇可供我们闲逛；如果有点什么乐子，那些首先发现的人却想保密，据为己有。如果你年轻、腼腆，还不知道自己要的是什么的话，那地方乏味之极。你可能在劳军联合组织附近徘徊，也许找个姑娘跳舞，可她对乳臭未干的士兵始终冷漠无情；你也可以退而求其次，在西瓜摊和投币游戏机前找点平淡的快乐，或者，你可以跟一伙人在黑漆漆的后街上无目的地四处瞎逛。照例，在那里你会碰上另一伙也在瞎逛的士兵。“你们打算干什么？”我们彼此会不耐烦地问，唯一的回答是：“啊，不知道。四处走走，我想。”通常，我们会喝很多啤酒，直到喝醉或想吐为止，在回营地的公共汽车上，感激地巴望着按部就班的新一天。

因此说我们的感情生活自给自足，可能就不足为奇了。像沮丧的郊区家庭主妇们一样，大家从彼此无休止的渴望中得到满足；我们慢慢分成几个自私的小圈子，再又形成三两一伙的哥们，就这三两人还因猜忌而不停变换。我们用飞短流长串起无所事事的时光，许多流言蜚语都是我们排内的事情；因为，排之外的消息大部分来自连队文书。文书人很友善，长期伏案工作。在凌乱不堪的食堂里，他喜欢从一张餐桌踱到另一张，一边喝着仔细摇匀后的咖啡，一边散播各种传闻。“这是我从人事部听到的，”他的开场白总是这句话，然后便是有关某个遥不可及的高级将领的一些难以置信的谣言（上校有梅毒啦；军队典狱长逃避一项战斗任务啦；训练任务被削短，一个月内我们就要开赴海外啦）。可是星期六中午他的八卦不那么遥不可及了；这是他从本连队传令兵办公室里听来的，听上去有点像真的。他告诉我们，好几周来，胖中尉一直想把瑞斯调走；现在似乎管用了，下星期很可能就是瑞斯当排长的最后一周。“他的日子数得清了，”文书含糊地说。

“你什么意思，调走？”达利山德罗问。“调到哪儿？”

“你小声点，”文书说，同时不安地朝军士们那桌扫了一眼，瑞斯面无表情地低头对着他的饭菜。“我不知道。调哪儿去我不知道。不管怎么说，这是极其肮脏的交易。如果你们想知道什么的话，那我告诉你们吧，你们这帮孩子有营地里最好的排长。实际上，他太他妈的优秀了；这就是他的毛病。太好了，那些屁本事都没有的少尉玩不转。在军队里，那么优秀永远没有好处。”

“你说得对，”达利山德罗严肃地说。“永远没有好处。”

“是吗？”沙赫特问道，张开嘴笑了。“那样对吗？班长？跟我们说说，班长。”我们这桌的谈话堕落成俏皮话。文书不声不响地走了。

瑞斯一定在我们听到这个消息的同时得知了此事；无论

如何，那个周末是他行为突变的开始。他离开营地去小镇时，紧绷着脸，一副要去一醉方休的神情。星期一一大早他差点误了起床号。通常，星期一清晨他都有点余醉未醒，但从不会影响他当天的工作；他总会在那里，用愤怒的腔调把我们叫起来，轰出去。可是，这次，我们穿衣时，兵营里一片怪异的寂静。“嘿，他没在这儿。”有人走到台阶处，从瑞斯房门边叫道，“瑞斯不在这儿。”让人佩服的是，班长们立即采取行动。他们催着、哄着我们，直到大家连滚带爬地来到外面，在黑暗中排好队形，几乎跟在瑞斯监督下一样迅速。可是夜间内务值班军士在巡视时已发现瑞斯不在，他赶紧跑去叫醒了中尉。

一般来说，吹起床号时连级军官们很少起来，特别是星期一的早晨。现在，我们群龙无首地站在连队道路上，胖中尉从兵营那边小跑着过来。在兵营的灯光下，我们看到他衬衫扣子只扣了一半，头发凌乱；睡眼惺忪，气喘吁吁，还迷惑不解。他边跑边喊着：“好吧，你们，呃——”

班长们深深吸了口气，叫我们立正，可是他们只喊了句沙哑的“立——”，瑞斯就出现在薄雾中，站到中尉面前，说：“全排！立正！”他来了，一路跑来，还喘着气，但平静地指挥着。穿的还是昨晚那件卡其布衬衣，皱巴巴的。他按班点名；然后，踢出一条笔直的腿，来了个极其漂亮的陆军式向后转，干净利落，面朝中尉再来了个漂亮的敬礼，“全体到齐，长官，”他说。

中尉吃惊得不知道怎么办，只散漫地回了个礼，嘟囔着："好的，军士。"我想他觉得他甚至没法说"这种事情以后不得再发生"，因为，毕竟，也没发生什么，除了他在起床号时被叫起床外。我猜他这一天都在琢磨他该不该批评瑞斯衣冠不整；中尉转身回营房时，看来已开始为这个问题烦心了。解散后，我们队伍中爆发出雷鸣般的掌声与笑声，可瑞斯假装没有听见。

但是，没过多久，瑞斯军士就扫了大家的兴。他甚至没有感谢班长们在紧要关头帮了他的忙。这天余下的时候，他对我们吹毛求疵，我们觉得自己早已做得很好了，他用不着这般挑剔。在训练场上，他找福格蒂的碴子，说："你上次刮胡子是什么时候？"

跟我们许多人一样，福格蒂的脸上只有一层灰蒙蒙的绒毛，根本用不着刮。"大约一周前，"他说。

"大约一周前，军士，"瑞斯纠正他。

"大约一周前，军士，"福格蒂说。

瑞斯噘着他的薄嘴唇。"你看起来像个肮脏的杂种婊子，"他说。"难道你不知道，你应该每天刮胡子吗？"

"每天我没什么可刮。"

"没什么可刮，军士。"

福格蒂咽了口口水，眨巴着眼睛。"没什么可刮，军士，"他说。

我们全都十分泄气。“他妈的，以为我们是什么?”沙赫特那天中午问道，“一群新兵蛋子?”达利山德罗发着牢骚，反叛地附和着。

宿醉可以作为瑞斯那天的借口，可是无法解释他第二天、第三天的表现。他没有理由、没有补偿地欺侮我们，他把他这么多周来小心营造的一切都给毁了；我们对他那不堪一击的尊敬一下子崩溃、瓦解了。

“事情最后定了，”星期三晚上吃晚饭时，连队文书阴沉地说。“调令已发出。明天就是他的最后一天。”

“那么，”沙赫特问。“他调去哪里?”

“你小声点，”文书说。“可能跟那些指导员一起工作。一半时间在野外营地，一半时间上刺刀课程。”

沙赫特大笑，碰碰达利山德罗的胳膊。“他妈的不错啊，”他说，“他会全盘接受的，是不是? 特别是上刺刀课。那杂种就可以天天炫耀了。他喜欢这个。”

“你开什么玩笑?”文书问，很不高兴。“喜欢个鸟。那家伙热爱他的这份工作。你以为我开玩笑? 他爱他的工作，这个变化太突然了。真龌龊。你们这帮孩子身在福中不知福。”

达利山德罗接过这番话，眯起眼睛。“是吗?”他说。“你这样看? 你应该看看他这周每天在外面的表现。每天。”

文书十分严肃地往前靠了靠，咖啡都洒出来了。“听着，”他说。“这周他已经知道这个消息了——你们他妈的指望他怎么表现？如果你知道有人逼你拿出你最喜欢的东西，你他妈的会怎么表现？难道你们看不出他压力有多大吗？”

可是，我们全都无礼地盯着他，告诉他，那不是他成为蠢货瑞贝尔杂种的借口。

“你们有些家伙太妄自尊大了，”说完，文书绷着脸走了。

“啊，别轻易相信你们刚才听到的，”沙赫特说。“我要亲眼看到，才会相信他真给调走了。”

可那是真的。那天晚上，瑞斯在他房间里坐到很晚，跟一个死党喝闷酒。黑暗中我们可以听到他们小声而含糊的话语，偶尔还有他们威士忌酒瓶的撞击声。第二天在训练场上，他对我们既不严也不松，只是站得远远的，沉思着，似乎脑子里在想别的事。晚上，他带领我们齐步走回营地，在兵营前，解散前，他让我们保持队形，稍息，站了一会儿。他一个个依次扫过我们的脸，眼神中透着焦躁。然后他开始用我们从没听过的柔和语调说：“从今以后，我再也见不到你们了，”他说。“我调走了。在军队里，有一件事，你们要有准备。那就是，如果你发现什么东西很好，什么工作你很喜欢，他们总是会把你的屁股挪到别处去。”

我想我们全都很感动——我知道我就是；这差不多是在说他喜欢我们。可是太晚了。现在他说什么、做什么都太晚了，我们最主要的感觉是解脱。瑞斯似乎感觉到这一点，似乎把他打算说的话缩短了。

“我知道没有人要求我来一番演说，”他说，“我也没打算演说。我唯一想说的、最最想说的是——”他垂下眼睛，望着灰扑扑的军鞋。“我想祝你们全都好运。你们要行为检点，听到了吗？不要惹麻烦！”接下来的几个字几乎听不到。“也别让人摆布你们。”

接着是短暂而痛苦的沉默，痛苦得像不再热恋的情侣分手。然后他立正。“全排！立正！”他再一次打量着我们，眼里闪着光，眼神严厉。“解散！”

吃完晚饭回兵营时，我们发现他已打好包裹，走了。我们甚至没有跟他握握手。

我们的新排长第二天早上到了，来自皇后区的出租车司机，矮胖，快活，他坚持要我们直呼其名：鲁比。他是个彻头彻尾的好好乔。只要有机会，他就让我们在水袋下喝个饱，还笑嘻嘻地吐露，通过消费合作社的弟兄，他自己的水壶里经常灌满了加了冰块的可乐。他是个松散的训练官，路上他从不要求我们喊口令，除非我们经过军官身边；也从不让我们唱行军歌或别的什么歌，除了那首他狂热地领头唱的、刺耳的《致百老汇的问候》，可他连那首歌的歌词也记不全。

在瑞斯之后，我们用了好长一段时间才适应他。有一次中尉来兵营讲他那通关于合作的讲话，讲完后，习惯地说“好了，军士”。鲁比大拇指勾在子弹带上，散漫而安逸地说，“伙计们，我希望你们全都听到了，记着中尉对你们说的。我想我可以代表你们大家，也代表我自己说，中尉，我们打算跟你合作，像你说的那样，因为在我们排这儿，只要我们看到好好乔，我们一眼便能认出来。”

就像以前瑞斯的沉默不屑让他十分慌张一样，鲁比的一番话让中尉涨红了脸，结结巴巴地说：“好，呃——谢谢你，军士。呃，我想就这样。继续吧。”中尉一消失，我们全都开始恶心地大声嘘他，我们捏着鼻子，或装作用铁锹挖啊铲的样子，好像我们站在齐膝深的粪坑里似的。“天啊，鲁比，”沙赫特叫道，“你他妈的想得到什么？”

鲁比弓起肩，摊开手，好脾气地哈哈笑了。“活着，”他说。“活着，你以为我想要什么？”对我们越来越大声的嘲笑喧闹，他强烈地为自己辩护。“怎么啦？”他说。“怎么啦？难道你们不觉得他在上尉面前也会这样做？难道你们不觉得上尉在营长面前也这样？听着，放聪明点，行吗，你们这帮家伙？是人都这样！人人都是这样做的！见鬼，你们以为军队是怎么回事？”最后，他像出租车司机般若无其事地摆脱了这场谈话。“好了，好了，你们就在这儿呆着吧，你们会明白的。等你们这帮孩子在军队中混到我这个年纪，你们才有资格说。”可到他说完时，我们全都跟着他笑起来；他赢得了我们的心。

晚上，在消费合作社，我们围着他，他坐在一排啤酒瓶后面，打着手势，说着那种轻松的、我们全都能懂的老百姓话。

“啊,我的这个小舅子,是个真正聪明的家伙。知道他怎么离开军队的吗?知道他怎么离开的吗?”接着就是一个复杂而不可能的变节故事,对此你想得到的唯一反应就是一阵哂笑。“真的!”鲁比会笑着坚持说。“难道你们不信我的话?难道你们不信我的话?我认识的这个家伙,天啊,说到聪明——我跟你们说,这杂种真是聪明。知道他是怎么离开的吗?”

有时我们对他的拥戴也会动摇,可不会太久。一天晚上,我们一群人坐在前台阶上,游手好闲地抽着香烟,然后我们离开那儿去消费合作社,路上相当详细地讨论——仿佛是在说服自己——跟鲁比在一起以后,许多事让我们非常享受。“嗯,是的,”小福格蒂说,“可我搞不懂。跟鲁比在一起后,似乎不再怎么像个军人了。”

这是福格蒂第二次让我们陷入瞬间的疑惑之中,第二次,又是达利山德罗打消了我们的疑虑。“那又怎样?”他耸耸肩说。“谁他妈的想当个军人?”

说得好极了。现在,我们可以冲着灰尘啐口唾沫,驼背耷肩,吊儿郎当地朝消费合作社走去。我们如释重负,确信瑞斯军士不会再纠缠我们了。谁他妈的想当个军人?“我才不想,”可能我们大家在心里都会这么说,“这个胆小鬼也不想,”我们的刻意藐视提升了这种姿态的价值。不管怎样,我们要的,我们以前要的,不过是种姿态罢了,而这种姿态比瑞斯那严厉苛刻的教条舒服得多。我想,这意味着,到我们的训练期结束后，营地将把一群无耻之徒、一群自以为是的家伙分派到各处去，被极度紊乱的军队所同化。可是，至少瑞斯永远不会看到这一幕，对此也只有他才会在意。

一点也不痛

麦拉在车后座上挺直腰，推开杰克的手，抚平裙子。

"好了，宝贝，"他笑着低声说，"放松点。"

"你才放松点，杰克，"她对他说。"我是说真的，松手！"

他的手收了回去，无力地搁在那里，但胳膊还是懒懒地搂着她的肩膀。麦拉没理他，只望着窗外出神。这是十二月末的一个周日傍晚，长岛的街道看上去污浊不堪；结了层冰壳的雪堆在街边人行道上，肮脏的样子。打烊的酒馆里，纸板做的圣诞老人斜眼瞟着外面。

"让你们一路开车送我来，真不好意思，"麦拉大声对正在开车的马蒂说。她想礼貌点。

"这没什么，"马蒂嘟囔着。接着他按响汽车喇叭，冲着前面一辆开得很慢的卡车喊道："你这狗娘养的，让路啊。"

麦拉有点不安——为什么马蒂总是这样爱发牢骚？——但马蒂的妻子爱琳，蜷缩在前排座位上，友好地笑了。"马蒂可不在乎，"她说。"这对他也好，星期天出来走走，总比躺在家里要好。"

"啊,"麦拉说,"真的太谢谢了。"其实她宁愿像往常一样,自己坐公共汽车来。四年了,每个星期天她总是来这里探望丈夫,她习惯了走这段长长的路。她喜欢在亨普斯特德的小咖啡馆耽搁一会,喝口咖啡,吃点蛋糕,再从那里换车回家。但是今天,她和杰克一同去爱琳、马蒂家吃饭,吃完饭已经很晚了,马蒂提出说开车送她去医院,她只好同意。当然,爱琳得跟着来,杰克也要来,他们这样做好像帮了她好大一个忙。所以你还得有礼貌。"这可真是太好了,"麦拉叫道,"坐小车去那里,而不是坐——不要这样,杰克!"

杰克说:"嘘……别紧张,宝贝,"但她把他的手一甩,扭过身去。爱琳看着他们俩,咬着舌头扑哧笑了,麦拉觉得自己脸红了。其实没什么不好意思的——爱琳和马蒂都认识杰克,知道他俩所有的事;她的许多朋友也是,没人责备她(毕竟,她跟寡妇也没什么两样)——只是杰克应该更识趣些。他现在就不能庄重点,管住自己的手吗?一路上都是这样。

"好了,"马蒂说。"现在我们可以省点时间了。"那辆挡路的卡车转上另一条路,他们加快了速度,将有轨电车车轨、商店抛在身后,小巷变成大路,接着驶上高速公路。

"想不想听广播,伙计们?"爱琳叫道。她打开收音机,里面的人在怂恿大家今晚都坐在家里看电视。她换了个频道,另一个声音说:"没错,在克劳福德商场您的钱可以买到更多东西！”

“把那狗娘养的东西关了，”马蒂说，又开始按喇叭，车驶入快车道。

当车子驶进医院，爱琳从前排转过身来，说道：“嘿，这地方可真漂亮。真的，这里不是很美吗？噢，看啊，他们还摆了一棵圣诞树，上面还有小灯什么的。”

“好了，”马蒂说，“往哪走？”

“往前直走，”麦拉告诉他，“开到圆盘那里，就是摆圣诞树的地方。然后向右转，绕过行政大楼，开到那条路的尽头。”马蒂按她说的转了弯，当他们慢慢驶近那又长又矮的结核病大楼时，她说：“到了，马蒂，就是这栋楼。”他把车靠向路边停下，麦拉收拾起给丈夫带的杂志，下了车。地上铺着层薄雪。

爱琳缩起肩膀，双手紧紧搂着自己身体，转过身来。“噢-喔，外面好冷，是不是？听着，亲爱的，你要多久才完？八点，是吧？”

“对，”麦拉说，“可是听我说，你们几个不如先回家？我可以坐公共汽车回去，我平时都这样。”

“你以为我是谁，疯了吗？”爱琳说。“你以为我愿意开车回去，让杰克在后座上一路闷闷不乐吗？”她咯咯笑了，还朝麦拉挤挤眼。“你在车里，他都难得开心，更别说让他自个儿回家了。不，听着，亲爱的，我们到别处逛逛，可能去喝点酒什么的，然后八点整回这儿来接你。”

“嗯，好吧，可我真的宁愿——”

“就这儿，”爱琳说。“八点整，我们就在这栋楼前等你。现在快走吧，把门关上，我们快冻死了。”

麦拉笑着使劲摔上车门。可杰克还在那里不高兴，头都没抬，也没朝她笑，或挥挥手什么的。车子慢慢开动了，麦拉沿着这条路走过去，走上结核病大楼的台阶。

小小的等候室里一股水蒸气和湿套鞋的气味，她飞快地穿过，经过标有“护士办公室——清洁区”的门，走进阔大、嘈杂的中心病房。中心病房里有三十六张病床，中间一条宽敞的走道将它们分成两半，再用齐肩高的屏风区分成开放式的小格子间，每个格子间里六张病床。所有床单和病服全给染成黄色，好与医院洗衣房里其他未受污染的衣物分开，这种黄色与墙面的灰绿色搭配在一起，让人恶心，麦拉到现在还不习惯。而且噪音也让人难以忍受，每个病人都有台收音机，好像所有人都在同时收听，且听的还不是同一个频道。不少床边坐着来探望的人——有个新来的男病人躺在病床上，双手搂着妻子在接吻——其他病床上的男人看起来很孤独，有看书的，有听收音机的。

麦拉走到床边了，她丈夫才发现。他盘腿坐在床上，蹙着眉头望着膝盖上的一件东西发呆。“你好，哈利，”她说。

他抬起头。“哦，嗨，亲爱的，没看见你来。”

她弯下腰，飞快地在他脸颊上吻了一下。有时候他们会吻在嘴唇上,但这其实是不允许的。

哈利扫了一眼他的手表。“你来晚了。是车晚点了吗?”

“我不是坐公共汽车来的,”她边说边脱下大衣。“我搭顺风车来的。我们办公室的那个女孩,爱琳,还记得吗?她和她丈夫开车送我来的。”

“噢,那好啊。为什么你没请他们进来坐坐?”

“哦,他们没法久待——还要去别的地方。但是他们向你问好。给你,我带了这些来。”

“噢,谢谢,太好了。”他接过杂志,把它们摊在床上:《生活》、《柯里尔》[1]和《大众科学》。“太好了,亲爱的。坐下来,待会儿。”

麦拉把大衣搭在床边椅子背上,坐了下来。“嗨,查恩斯先生,”她向隔壁床上的高个黑人打招呼,他朝她点头致意,咧嘴笑了笑。

“你好吗,威尔逊太太?”

“挺好的,谢谢,你呢?”

“噢,发牢骚也没用,”查恩斯先生说。

她瞥了一眼哈利另一侧的雷德·奥马拉,他躺在那边床上听收音机。“嗨,雷德。”

① 《柯里尔》:美国杂志(1888—1957年),创办人为彼特·柯里尔,二十世纪初一度成为美国发行量最大的杂志之一。

“噢，嗨，威尔逊太太。没看到你进来。”

“你妻子今晚会来吗，雷德？”

“她现在星期六来看我，昨晚来过了。”

“哦，”麦拉说，“好，告诉她我问她好。”

“当然，我会的，威尔逊太太。”

接着她朝对面小格子间里的老人笑了笑。她老记不住他的名字，从来也没人看望他。他也朝她腼腆地笑了笑。她在小钢椅上坐下，打开手提包找香烟。“你膝盖上是什么东西，哈利？”这是一个原木色木环，一尺来宽，织好的蓝色羊毛线挂在两边的小齿上。

“啊，这个吗？”哈利举起它说。“他们管这叫耙式针织。我在做职业疗法时学的。”

“什么针织？”

“耙式针织。拿起这个小钩，像耙草一样把羊毛线上下钩到每个小齿上，就像那样，绕着这个圆环一圈一圈地织，直到你织出一条围巾，或绒线帽——或这类的东西。明白吗？”

“噢，我知道了，”麦拉说。“就像我们以前小时候做过的那样，只不过我们是用一个普通的小线轴，上面卡着些小齿。你将线绕在小齿上，穿过线轴，就编好了。差不多。”

“噢，是吗？”哈利说。“用一个线轴，啊？是的，我想我妹妹以前也是这样做的，现在我想起来了。用一个线轴。你是对的，这个原理一样，只不过大一点。”

“你打算织个什么东西?”

“哦,我不知道,我只是无聊打发时间罢了。我想可能织个绒线帽什么的。我也不知道。”他仔细端详了一番这个耙式织物,又翻过来看看,然后探起身,把它扔到床头柜上。“只是找点事做而已。”

麦拉把烟盒递给他,他抽出一根。当他弯下腰凑过来对火时,黄色病服的领口敞开了,她看到他的胸脯,瘦得令人难以置信,肋骨被取掉的那边都凹进去了,看得到上次动手术后刚刚愈合的伤疤,难看极了。

“谢谢,亲爱的,”他说,香烟在他嘴里一抖一抖。他往后靠着枕头,穿着袜子的脚在床上摊开伸直。

“你感觉怎样,哈利?”她问。

“还好。”

“你看上去好多了,”她撒了个谎。“如果能再长胖点,看上去会更好。”

“清账啦,”透过喧闹的收音机传来说话声,麦拉四处看了看,只见一个小个子男人坐在轮椅上从中间走道上过来了。他坐在轮椅上,却用脚慢慢在带动轮椅。用手转动车轮时会牵扯到胸部,肺结核病人要避免这样做。他径直朝哈利的病床过来,张嘴笑时露出满口黄牙。“清账啦,”轮椅到哈利床边停下来,他又重复了一遍。一根橡胶管从他胸前的绷带里露出来,从病号服上头绕过,用安全别针固定住,末端是个小小的，塞着橡胶瓶塞的小瓶，放在他胸前的口袋里，显得很重。"快点，快点，"他说，"清账。"

"噢，对！"哈利笑着说。"我全给忘了，沃尔特。"他从床头柜的抽屉里拿出一美元，递给那个男人，那人细细的手指把钱叠好，放进口袋，跟瓶子放在一起。

"好了，哈利，"他说。"我们两清了，是不是？"

"是的，沃尔特。"

他把轮椅向后倒，转过来，这时麦拉看见他前胸、后背和肩部缩成一团，整个都变形了。"抱歉打扰了，"他说着朝麦拉微弱地笑了笑。

她微微一笑。"没什么。"当他回到过道时，她问："你们刚才是什么意思？"

"噢，我们为星期五晚上的拳击比赛打赌来着。我早把这事给忘了。"

"噢。我以前见过他吗？"

"谁，沃尔特吗？我想你见过，亲爱的。我刚动完手术那会儿，你肯定见过他。老沃尔特这家伙大约两年前动过手术；他们上周又把他送回来了。这家伙过了段难熬的日子。真是条汉子。"

"他病服上是什么东西？那个瓶子干吗用的？"

"那是引流管，"哈利说着靠回黄色枕头。"老沃尔特这家伙是个好人；我很高兴他又回来了。"接着他压低声音，偷偷地说，“事实上，病房里没剩几个好人了，以前那帮老病号们，死的死了，要不就是手术好了走了。”

“你不喜欢这些新来的人吗？”为了不让新来的雷德·奥马拉听到，麦拉也悄声问。“看起来他们对我挺好的。”

“噢，我想，他们是不错，”哈利说。“我只是说，嗯，我习惯和沃尔特那样的人待在一起罢了。我们一起经历了许多事情什么的。我不知道。这帮新来的家伙有时候让你心烦，尤其是他们说话的方式。比如，他们个个都觉得自己很了解肺结核，自以为什么都懂；我是说，你没法跟他们说什么，跟他们说话只让你心烦。”

麦拉说她觉得自己明白他的意思，不过换个话题似乎更好。“爱琳觉得医院很漂亮，圣诞树也很好看。”

“噢，是吗？”哈利很小心地探过身子，往床头柜上一尘不染的烟灰缸里弹了弹香烟。自从长期卧病在床以来，他变得很细致很整洁了。“上班怎么样，亲爱的？”

“啊，我觉得还好。我跟你说过一个叫珍妮特的姑娘因为中午出去吃饭时间太长而被炒掉的事，还记得吗？大家都很害怕他们会严厉整顿半小时的午饭时间。”

“噢，是的，”哈利说，但麦拉看得出他根本不记得了，也没认真听。

“嗯，现在好像没事了，因为上周爱琳和另外三个姑娘在外面差不多待了两个小时，也没人说什么。她们中有个叫露丝的，这几个月来一直担心自己会被炒掉，这次居然也没人对她说什么。”

“哦，是吗？”哈利说。“嗯，那很好。”

接着停了一下。“哈利？”她说。

“什么，亲爱的？”

“他们跟你说了什么新情况吗？”

“新情况？”

“我的意思是，有没有跟你说另一边也要动手术？”

“哦，没有，亲爱的。我跟你说过，会有好长一段日子我们别指望听到什么消息——我想，我以前跟你解释过。”他眯起眼睛微微一笑，表明他认为这是个十分愚蠢的问题。很久以前，当她问“你觉得他们什么时候会让你回家”时，开始他也总是报以同样的表情。现在他说，“问题是最近这一次手术我还要恢复。你一次只能做一件事情；手术后你得休息很长一段时间，才能真正脱离危险，特别是我这样在最近——多久了——四年了吧？有过衰竭记录的人。没有，他们什么也没有说，他们做的就是等待，我不知道，也许六个月，也许更长，要看这边的恢复情况。那时他们才会决定另一边动不动。也许再动一次手术，也许不动了。在这事上你不要有任何指望，亲爱的，你知道的。”

“不，当然，哈利，我很抱歉。我不是有意问这么愚蠢的问题。我只是说，嗯，你感觉怎么样。你现在还痛吗？”

“不痛了，再也不痛了。”哈利说，“我是说，只要我不把手抬得很高什么的。我这样做时会有点痛，有时候睡觉时往这边翻身也会痛，但只要我——你知道——保持正常的姿势，啊，就一点也不痛。”

“太好了，”她说，“不管怎样，听你这么说，我真高兴。”

好长一段时间两个人没话可说，收音机的嘈杂声、其他病床上的笑声、咳嗽声让他们的沉默显得怪异。哈利开始用拇指随意翻着《大众科学》。麦拉的眼睛四处逡巡，最后落在床头柜的相架上，一张放大了的快照，是他俩结婚前拍的。那是在密歇根州她妈妈家后院里拍的。照片中的她看上去十分年轻，穿着 1945 年时的裙子，双腿修长。那时候的她根本不知道怎么穿衣打扮，甚至不知道怎么站才好，什么都不知道，只会用孩子般的笑容来迎接一切。而哈利——奇怪的是哈利在照片里看上去比现在还老些，可能是脸大和身材结实的原因，当然衣服也起了作用——他穿着件深色的艾森豪威尔夹克[1]，还有铮亮的靴子。噢，他以前真好看，方方的下巴，深灰色的眼睛——比一般人好看多了，比如说，比那个矮胖壮实的杰克要好看得多。可现在瘦得嘴唇、眼睛都软了，让他看上去像个瘦小男孩。脸型也变了，与那件病服倒是挺相衬。

---

① 艾森豪威尔夹克：Eisenhower jacket，1945 年时流行的短夹克式样，胸前两个口袋，有点像空军军装。

“你给我带来这个我真高兴，”哈利指的是《大众科学》，“上面有篇文章我想读。”

“好啊，”她说。可她也想说，“难道就不能等我走了再看？”

哈利用手轻弹着杂志封面，遏制着想看的冲动，说：“其他怎么样，亲爱的？我是说上班之外的其他情况。”

“还好，”她说。“我那天收到妈妈的信，就是张圣诞贺卡。她问你好。”

“好，”哈利说。最后还是杂志赢了，他又翻开杂志，翻到他想读的那篇文章，随意读了几行——好像只是想确定一下是不是他想读的那篇——接着就陷进那篇文章里了。

麦拉就着上根香烟的烟蒂又点燃一根，拾起一本《生活周刊》，开始翻着。她不时地抬起头看看他；他躺在那里，一边啃着手背上的指关节，一边看着杂志，一只脚的脚趾蜷起来挠着另一只脚的脚后跟。

余下的探访时间他们就这样打发掉了。快八点时，从走道那边来了一群人，说笑着推着一架有橡胶小脚轮的钢琴过来了——这群人是星期天晚上红十字会节目演出人员，巴拉彻克夫人领头，她身穿制服，是个和蔼粗壮的女人，今晚由她来演奏。一个男高音推着钢琴跟在后面，他年龄不大，面色苍白，嘴唇总是湿乎乎的。接着是个臃肿的女歌手：女高音，穿着塔夫绸上衣，看起来手臂下面的衣服绷得紧紧的；还有个手提公文包、表情刚毅、身体羸弱的女低音。他们推着带轮子的钢琴靠近哈利的床边，他的床几乎就在整个病房中间。巴拉彻克夫人打开节目单。

哈利抬起头。“晚上好，巴拉彻克夫人。”

她的眼镜片闪闪发光。“今晚还好吗，哈利？今晚想不想听几首圣诞颂歌？”

“行啊，夫人。”

收音机接二连三地关上了，谈话声也静下来了。就在巴拉彻克夫人正要敲下琴键时，一个矮胖的护士插进来，穿着橡胶鞋的脚重重跺了跺走道地面，同时伸出手来挡开音乐声，她好宣布什么。巴拉彻克夫人坐下，护士伸长脖子，先对着走道这边叫道：“探访时间结束！”接着又转过身，冲另一边叫道：“探访时间结束！”然后她朝巴拉彻克夫人点点头，消过毒的亚麻口罩后露出一丝微笑，再跺跺脚走了。经过片刻小声的商量，巴拉彻克夫人双颊颤抖着开始弹起开场曲《铃儿响叮当》，掩盖住探访者离开造成的混乱，歌手们在休息，小声咳嗽；他们要等听众都安静下来后再开始表演。

“呀，”哈利说，“我没发现这么晚了。来，我送你到门口。”他慢慢坐起来，脚在床沿边悬空晃着。

“不，别麻烦了，哈利，”麦拉说。“你躺着别动。”

“不行，没事的，”他边说边穿上拖鞋。“你能把那件长袍递给我吗，亲爱的？”他站起来，她帮他穿上灯芯绒 VA 浴袍，那浴袍对他来说太短了。

“晚安,查恩斯先生,”麦拉说,查恩斯先生冲她咧嘴一笑,点点头。接着她向雷德·奥马拉和那个上年纪的男人道晚安。他们在走道上经过沃尔特的轮椅旁时,她跟他道别。麦拉挽住哈利的胳膊,惊恐地发现他的胳膊竟是那么细,她小心翼翼地跟着他缓慢的步伐。等候室里还有一小群穿得厚笨的访客逗留着没走,他们面对面站在访客中间。

“好了,”哈利说,“照顾好你自己,亲爱的。下周见。”

“噢-喔,”有个母亲往外探出厚实的肩膀说,“今晚好冷。”她回身进来,朝儿子挥挥手,然后挽起丈夫胳膊,走下台阶,走上铺满雪的小路。有个人拉住门,让它开着,好让其他访客出去,冷风全灌进房间里来,接着门又关上了,只剩哈利和麦拉在屋里。

“好了,哈利,”麦拉说,“你回去听听音乐,睡觉吧。”他站在那里,浴袍敞开着,看上去非常虚弱。她走上来,为他掩上、理好,遮住胸口,把吊在腰间的腰带系紧。他微笑着看着她。“现在你回去吧,别感冒了。”

“好的。晚安,亲爱的。”

“晚安,”她说,踮起脚尖,吻了吻他的脸颊。“晚安,哈利。”

她站在门口,看着他身穿系得紧紧的高腰浴袍,往病房走去。然后她走到外面,下了台阶,突如其来的寒冷让她竖起衣领。马蒂的车还没来；路上空寂一片，路灯下，只有几个访客稀疏的背影艰难地朝行政大楼附近的车站走去。她把大衣又裹紧了些，紧贴大楼站着，想躲避大风。

里面《铃儿响叮当》结束了，听得到隐约的掌声，过了片刻，节目正式开始了。几个庄严的和弦在钢琴上奏响，歌声传了过来：

“听啊！天使高声唱，
荣耀归于新生王……”

麦拉的嗓子眼突然给堵住了，街灯打她眼里掠过。她把半个拳头塞在嘴里，可怜地抽泣着，呼出的团团热气飘逝在黑暗里。好久好久她才停下来，每吸一下鼻子，都弄出很大响动，仿佛几里外都听得到。最后，她平静下来，或几乎平静了。她尽量控制自己的肩膀，不要抖得太厉害，然后擤擤鼻子，放好手帕，郑重其事“啪”的一声合上了包。

这时大路尽头闪现出车灯。她跑到路上，站在大风里等着。

车里一股温暖的威士忌味道，几点樱桃红的烟头闪烁着，爱琳大声叫道：“噢-喔！快点，关上门！”

车门一关上，杰克的胳膊就搂过来，他沙哑地低声道：“你好，宝贝！”

他们都有点喝醉了;甚至马蒂也精神亢奋。“抓紧了,各位!”他大声叫道。他们转过行政大楼,经过圣诞树,车子平稳笔直地驶出大门,加速。“各位,抓紧了!”

爱琳的脸在晃动,喋喋不休的声音从前座飘过来。“麦拉,亲爱的,听着,我们发现一个最最可爱的小地方,就在路那头,有点像那种路边旅店什么的,便宜得要命!所以听着,我们想再带你去那儿喝点东西,好吗?”

“好啊,”麦拉说,“当然好。”

“我是说,我们已去过了,可不管怎样我想你也去看看那里……马蒂,你能不能小心点!”她大笑道。“老实说,你知道吗?换了其他什么人,喝了他这么多酒,再开这车,我会吓死的!但你永远不用为老马蒂担心。他是世界上最棒的老司机,我根本不担心他喝没喝醉。”

但他们没有听到。他们在热吻,杰克的手滑进她的大衣里,熟练地四处游走,又探进里面的衣服,直到握住她的乳房。“别再生我的气了,好吗,宝贝?”他的嘴凑在她唇边,低声哼着。“想不想去喝一杯?”

她的手紧紧搂着他坚实的背,抱着不放,然后自己转过身,这样他的另一只手可以偷偷滑进她的大腿根部。“好的,”她低声说,“我们只喝一杯,然后——”

“好的,宝贝,好的。”

“——然后,亲爱的,我们就回家。”

自讨苦吃

沃尔特·亨德森九岁那会儿，有阵子觉得装死是最浪漫的事情，小伙伴们也这样看。他们发现警察抓强盗的游戏中真正有意思的就是假装被枪打中，扔掉手枪，捂住胸口，卧倒在地。不久，大家就撇开游戏的其他部分不玩了，如选择站在哪边，偷偷摸摸地到处躲藏什么的，麻烦得很，他们只玩游戏的精华部分。结果这游戏就成了一场个人表演，几乎像门艺术。每次会有个人从山顶上冲下来，跑到指定的地方，受到伏击：许多把准备好的玩具手枪同时扣动扳机，喊哑了的嗓门接二连三地响起来——一种沙沙的轻声“砰！砰！”——这是男孩们在模仿手枪的声音。接下来，表演者要站住、转身、摆出优雅的痛苦姿势，并停顿片刻，然后一头栽倒，手脚并用滚下山坡，卷起一阵尘土，最后趴在地上，成了一具皱巴巴的尸体。然后他站起来，掸去身上的泥土，这时其他伙伴就开始评论他的形体姿势（“好极了”或“太僵硬”，或“不太自然”），然后轮到下一个上场。这就是整个游戏了，沃尔特很喜欢。他个头瘦小、协调能力差，这是唯一他能胜任的、有些类似于体育运动的活动。他蜷着身子滚下山去的样子，没人能比得上他的那种沉醉，他赢得了大家的欢呼，这让他着迷。后来，年纪大点的孩子嘲笑他们，终于其他孩子厌倦了这个游戏；沃尔特只有勉强地加入到其他更健康的游戏中去，不久他也把这给忘了。

二十五年后一个五月的下午，在列克星敦大道的办公大楼里，沃尔特坐在桌前假装工作，等着被炒时，他突然想起了这个游戏，而且印象鲜明。现在的沃尔特看上去是个沉着冷静、头脑灵活的年轻人，身上的衣着有股东部大学校园风，褐色头发干净整齐，只是头顶有点稀疏。多年的健康让他结实了不少，虽然他的协调能力还是有点小问题，但主要都体现在一些日常生活中的小事上，像戴帽子、掏钱包、拿戏票、找零钱等，总要让妻子停下来等他；还有，门上明明标着“拉”，他却总是用力去推。不管怎样，坐在办公室里，他看上去还是一副心智健全、颇有能力的样子。现在没人能看得出他背后冷汗直流，也看不到他左手藏在口袋里，慢慢捻着、扯着纸板火柴，直弄得火柴纸板湿乎乎、黏嗒嗒，揉成一团。好几周前他已明白这迟早会发生的。今天早上，从步出电梯那一刻起他就有种预感，就是今天了。当他的几个上司对他说“早上好，沃尔特”时，他看到他们微笑下隐藏的一丝微弱的关切之情；下午，他从工作的格子间里往外瞟了一眼，正好与部门经理乔治·

克罗威尔对上眼神。克罗威尔在他的办公单间内，手里拿着一叠文件，正犹豫不决。一对上眼神，克罗威尔便立即转过身，但沃尔特知道他一直在看着自己，虽然看似有点烦恼，可一副主意已定的样子。沃尔特肯定，几分钟之后，克罗威尔会叫他进去，公布这个消息——当然有点困难，因为克罗威尔是那种总以平易近人为荣的老板。现在没什么可做的，只能顺其自然，尽可能体面地接受。

儿时的回忆就在这时袭上心头，因为他突然想到——这想法让他的指甲深深掐入口袋内的纸板火柴里——顺其自然，体面地接受，从某种程度上说已经成了他一种生活风格。甚至无需否认，做一个体面的失败者对他诱惑力太大了。整个青年时代，他都擅长此道：与比他强壮的男孩打架时，总是勇敢地输给对方；打橄榄球时无心恋战，心底下偷偷渴望受伤，被抬出场外（"不管怎样，你们得给亨德森这家伙一下，"高中教练曾哈哈笑着说，"他可真有点自讨苦吃"）。大学为他的这种才华提供了更广阔的天地——考试不及格、竞选落败——后来，空军又让他名副其实地品尝了一次被淘汰的滋味，没能进入空军士官学校。现在，看起来，他不可避免地要再体会一次了。在这份工作之前他所干的都是初级入门活，不容易出错；得到这个工作机会时，用克罗威尔的话说，这份工作"是一次真正的挑战"。

"好啊，"沃尔特曾说。"这正是我想要的。"当他将谈话的这部分告诉他太太时，她说："哦，太棒了！"有了这份工作，他们搬进了位于东六十街的高级公寓。近来他回家时总是神情沮丧，阴沉着脸宣布他怀疑自己是不是还能坚持下去，她总是嘱咐孩子们不要去打扰他（"爸爸今晚很累"），给他拿上一杯喝的，用一个妻子的小心安慰让他平静下来，尽量掩饰她的恐惧，从不猜测，至少从不流露出她是在与一种慢性强迫失败症打交道，是在与爱上崩溃心态的古怪小男孩打交道。而令人惊异的是，他想——真正令人惊异的是——他自己之前还从没那样看待过自己。

"沃尔特？"

格子间的门给推开了，乔治·克罗威尔站在那里，看上去有点不太自在。"你能到我办公室来一下吗？"

"好的，乔治。"沃尔特跟着他出了格子间，穿过办公室，感觉背后有无数双眼睛。保持尊严，他提醒自己，重要的是保持尊严。接着门在他们身后关上了，就他们两人单独在克罗威尔的专用办公室里，房间里铺着地毯，很安静。从二十一层的楼下远远传来汽车喇叭声，其他能听到的就是他俩的呼吸声、克罗威尔绕过办公桌在转椅上坐下时鞋子的咯吱声、椅子的叽嘎声。"沃尔特，你也拉把椅子坐下，"他说。"抽烟吗？"

"不，谢谢。"沃尔特坐下来，两手交叉放在膝盖中间。

克罗威尔啪的一声合上香烟盒，把它推到一旁，自己也没抽。他俯身向前，两手摊开，撑在桌上的玻璃板上。"沃尔特，我还是直接跟你说了吧，”他说。最后一丝希望也破灭了。有趣的是，即使早就有准备，它还是让沃尔特一惊。“我和哈维先生考虑了很久，我们觉得你跟不上这里的工作，我们都不愿得出这样的结论。为了你好，当然，也为了我们，最好的办法是，让你走。不过，”他飞快地加上，“这不是对你个人有什么看法，沃尔特。我们这里的工作非常专业，我们不能指望每个人都能得心应手。特别是你，我们真的觉得你在——能力所及的位置上，会更快乐些。”

克罗威尔抬起双手，往后靠去，玻璃上留下两只湿乎乎的手印，像骷髅手。沃尔特盯着手印，它们吸引了他，他看着它们慢慢变小，消失。

“哦，”他抬起头来，说道。“你说得很对，乔治。谢谢。”

克罗威尔的嘴挤出一个老好人歉意的笑。“发生这种事情，”他说。“真的很抱歉。”他开始摸索办公桌抽屉的把手，一脸如释重负的表情，最难说出口的已经说了。“现在，”他说，“我们开了张支票，是你这个月和下个月的薪水。它能给你一点——可以说是解雇费吧——让你在找到工作之前渡过难关。”他递过来一个长信封。

“您真是太慷慨了，”沃尔特说。接着一阵沉默，沃尔特认识到该由他来打破这沉默，于是站起来。“好吧，乔治。那我就不耽误你了。”

克罗威尔立即起身，绕过办公桌，伸出两手——一手握着沃尔特的手，一手搭在他肩上，就这样走出了办公室。这姿势，看似友好，实则令人窘迫，让沃尔特血直冲上喉咙，有那么一刻他十分难受，以为自己会哭出来。“好吧，伙计，”克罗威尔说，“祝你走运。”

“谢谢，”沃尔特说，听到自己的声音还很平静，他松了一口气。于是他又微笑着说，“谢谢你，再见，乔治。”

回他的格子间大概要走五十英尺的距离，沃尔特·亨德森颇有风度地走完了。他感觉得到，在克罗威尔眼里，他的背影相当整洁、笔直；他也意识到，当他穿行于办公桌时，那些办公桌的主人要么不好意思地扫他一眼，要么让人感觉他们很想这样；他也知道自己脸上每一个表情都控制得很好，很微妙。整个事情看上去像是电影里的一个场景。摄影机从克罗威尔的角度开始往后移动，拍摄出办公室的全景，沃尔特的背影在画面中孤独而庄严地走过；现在是沃尔特的脸部特写，定格了很久，然后再给同事们转动的头几个简单的镜头（乔·科林斯看上去很担忧，弗雷德·霍尔姆斯尽量让自己看上去不那么开心），接着镜头切换到沃尔特的角度，看到他的秘书玛丽那平凡、毫无疑心的脸，她手里拿着一叠他交待要打印的东西，正站在他办公桌前等他。

“我希望你能满意，亨德森先生。”

沃尔特接过来，扔到桌上。“别管它了，玛丽，”他说。“听着，接下来你还是歇着吧，明天早上去找人事经理。他们会给你安排份新工作的。我刚被解雇了。”

她听后脸上展露出一丝略带疑惑的笑——她以为他在开玩笑——但她马上脸色发白,有点哆嗦。她还很年轻,人也不太机灵;秘书学校里可从没人教过她,老板也可能被解雇。“为什么,这太可怕了。亨德森先生。我——呃,可是他们为什么要这样做呢?”

“噢,我不知道,”他说。“有许多小理由,我猜。”他在不停地打开、合上抽屉,清理他的东西。没有多少东西:一沓从前的私人信件、一枝干了的自来水笔、一个没有打火石的打火机、半块包着的巧克力。她在边上看着他将这些物品一一清点出来,装在口袋里,他意识到这些物品让她十分伤感,他觉得要保持尊严,便挺直腰,转身从衣帽架上取下帽子戴上。

“对你不会有影响的,玛丽,”他说。“明早他们会给你安排新工作的。好了,”他伸出手,“祝你好运。”

“谢谢你;你也是。好,那么,晚安。”——说到这儿她掩着嘴吃吃地笑了,手指甲被咬得歪歪斜斜的,笑得不太肯定——“我的意思是,再见,亨德森先生。”

接下来的场景发生在自动饮水机旁。当沃尔特走近乔·科林斯身边时,科林斯清醒的双眼充满同情。

“乔,”沃尔特说。“我走了。被开掉了。”

“不!”但科林斯震惊的表情只不过是一种友善的表示;它不可能是出于吃惊。“天啊,沃尔特,这些人到底怎么回事?”

弗雷德·霍尔姆斯插话说,语调十分低沉遗憾,显然这个消息让他很满意:“呀,伙计,真他妈不像话。”

他们一路跟着沃尔特到了电梯口,他按了“下行”键;人们突然从各个角落冲向他,他们的脸因惋惜而拘谨,一双双手都伸出来。

“太遗憾了,沃尔特……”

“好运,伙计……”

“保持联系,好吗,沃尔特?……”

点头、微笑、握手,沃尔特不停地说“谢谢”、“再见”还有“我当然会的”;这时红灯亮了,随着叮的一声电梯到了!接下来几秒钟之内,电梯门缓缓地滑开,操作员的声音在说:“下行的!”他退进电梯里,微笑定格在脸上,朝那些热情的、表情丰富的脸轻松地招了招手,这个场景最后以电梯门缓缓合上、关紧而告终,电梯在沉默里一路下行。

电梯下来时,他和一位脸色红润、目光明亮、心情甚佳的男子并排站着;直到他走到大街上,飞快地走着,他才意识到自己刚才是多么享受。

这个想法让他吃惊,脚步也慢下来,他在一幢大楼前停下,站了大半分钟。头皮在帽子下阵阵发痒,手指开始摸索着领结和大衣的纽扣。他好像为自己做了什么隐晦可耻的勾当而惊诧万分,从没这般无助,这般害怕过。

于是他又猛然做出一连串举动，理理帽子，动动下巴，在人行道上跺着两脚，试着让自己看上去像忙于工作，火急火燎的样子。如果大下午的，有人企图在列克星敦大道中央对自己来番心理剖析，那他简直疯了。现在唯一可做的是马上让自己忙碌起来，开始找工作。

他又停下来，四处看看，发现唯一的问题是他根本不知道要去哪里。他现在站在四十街上段的一个拐角上，路边的花店和不断驶过的出租车使这里显得十分明快，来往行人衣着光鲜，英姿焕发，走在春光明媚的大街上。首先他需要一部电话，于是他冲到街对面，走进一家杂货店，在香皂、香水、调味番茄汁和火腿的混合气味里穿行，来到后面靠墙的一排电话亭边；掏出地址簿，找到记有几家职业中介电话号码的那一页，他已在那几家中介那里填过登记表；接着他准备好零钱，把自己关在电话亭里了。

但是所有中介说的话都一样：眼下没有适合他专业的工作机会；没有他们的电话通知，就是去他们公司也没用。当他打完一圈电话，他又到处摸索地址簿，想找一个熟人的电话号码，那人一个月前跟他说过，他们公司可能很快就会有个职位空出来。可是小本本不在他的内口袋里；他又伸手到大衣的另一个口袋里、裤子口袋里找，手肘撞在电话亭的墙上生疼，但找到的只有那沓旧信件和他办公桌里的那块巧克力。他嘴里咒骂着，把巧克力扔到地上，仿佛它是烟蒂，还蹭上几脚。

就这样他在闷热的电话亭里折腾得呼吸急促起来。就在他有点头晕时,突然看见地址簿就在他前面,在投币箱顶上,是自己搁在那里的。他一只手哆嗦着拨着号码,另一只手扯开衣领,脖子上早已汗津津了,等他张口说话时,声音听上去已像个虚弱而焦急的乞丐。

"杰克,"他说。"我想问问——只是问问而已,你前阵子说过的那个职位空出来了吗?"

"什么空出来?"

"职位。你知道。你说你们公司可能会有个工作——"

"噢,那个呀。没有,没什么消息,沃尔特。如果有,我会跟你联系的。"

"好吧,杰克。"他推开电话亭的折门,靠在压花锡墙上,对着迎面而来的一股冰凉的新鲜空气,大口喘气。"我以为你可能忘了这事,"他说。现在声音几乎正常了,"抱歉打扰你了。"

"见鬼,没什么,"电话那头传来热情的声音。"你怎么啦,伙计? 是不是你那儿有什么麻烦?"

"噢,没有,"沃尔特发现自己在这样说,他马上为此高兴起来。他几乎从没撒过谎,现在吃惊地发现原来撒谎竟这样简单。他的声音听上去有几分自信了。"没什么。我在这里很好,杰克。我只是不想——你知道,我以为你可能忘了,仅此而已。家里还好吧?"

电话打完后，他觉得除了回家无事可干，但还是在敞开着门的电话亭里坐了好一会儿，脚直伸到杂货店的地面上去了，直到他脸上浮现出一丝难以察觉的、狡诈的微笑，这微笑渐渐消失，脸上又恢复了正常表情。刚才那么容易地说谎让他有了个主意，他想来想去，这主意就慢慢变成了一个意味深长、颇具革命性的决定了。

他不告诉妻子这件事。运气好的话，这个月他可能就能找到一份工作，同时，这可是他生平第一次自己独个儿承受困难。今晚，当她问他今天过得怎么样时，他要说“啊，还好”，他甚至会说“不错”。早上他要在平时那个时候出门，在外面呆上一整天，找到工作前他要一直这样。

他想起“打起精神，振作起来”这几个词，在电话亭里，他振作起来，收拾好硬币，理直领带，走到外面的大街上，这神情远不止于一种决心：这还是种高贵的姿态。

在按时回家前还有几个小时要打发，他发现自己正沿着四十二大街往西走时，决定去公共图书馆消磨这几个小时。他神气活现地爬上宽宽的石头台阶，一会儿就置身于阅览室，开始翻阅起去年《生活》杂志的合订本了，心里一遍又一遍地想着他的计划，扩充它，让它更完美。

他显然知道，日复一日的欺骗可不容易，这需要罪犯般保持持续的警惕与狡诈。但不正因为计划如此困难才显出这样做的价值么？最后，当一切结束后，他会告诉妻子。这可是对每分钟严酷考验的回报。他知道在他告诉她时，她会怎样看着他——开始一片茫然、难以置信，然后，慢慢地，她眼中会逐渐浮现出多年没有过的一丝尊敬。

“你是说这么久你一直独自承受着这一切？但是为什么要这样做，沃尔特？”

“噢，”他会很随意地说，甚至会耸耸肩，“我觉得没必要让你操心。”

到时间该离开图书馆了，他在出口处晃荡了一会，深深吸了口烟，看着下面五点钟的交通和人群。这个场景让他产生了别样的怀旧之情。因为就是在这里，五年前那个春天的夜晚，他和妻子在这里开始了第一次约会。“你能在图书馆最上头的台阶上等我吗？”那天早上她在电话里问他，直到好几个月后，他们结了婚，他才觉得这是一个特殊的约会地点。当他问起时，她朝他笑了。“去那里当然不太方便——可正因为不方便，我才选的那里。我想站在那里，摆个姿势，像城堡里的公主那样，让你爬上那么多级可爱的台阶，来带我走。”

情况确实是那样。那天他提早十分钟从办公室开溜，急冲冲赶到中央火车站，在昏暗的地下更衣室里梳洗一番，还刮了胡子；那个年老矮胖、行动迟缓的服务员接过他的衣服，熨烫时，他直等得不耐烦。接着，给了那服务员一笔不菲的、自己平时难以承受的小费后，他冲出去，上到四十二街。当他大步经过鞋店和奶品店时，紧张得喘不上气，他一阵风似的在慢得无法忍受的人群中穿梭，他们可不知道他的任务有多紧急。他害怕迟到，甚至还有点担心这是她耍的花招，她根本不会在那里等他。但当他走到第五大道，远远就看到她站在上面，一个人，站在图书馆台阶的最上头，穿着件时髦的黑色大衣——身段苗条、黑色头发光彩夺目。

于是他放慢脚步，一只手插在口袋里，故作悠闲地穿过大街，步履像运动员般轻松随意，没人想得到他几小时前还那样着急；也没人想得到为了这一刻，连日来他花了多少时间进行战略战术筹划。

他确定她看得到他走过来时，他抬起头来看她，她笑了。这并不是他第一次看见她那样笑，但这肯定是她第一次特意为他这样笑。一股快乐的暖流涌上他心头。现在他已不记得他们见面打招呼时说了些什么，但他记得很清楚他们还行，一开始就很好——她那闪亮的大眼睛望着他，正是他想要的那样。他说的那些话，不管是什么，都给她留下机智幽默的印象；而她说的话，或她说话的声音，让他觉得自己比以往任何时候都要高大、强壮，肩膀比以前要宽阔得多。当他们一起转身，走下台阶时，他紧挽着她的胳膊，领着她，每走一步，他感觉到手指后她胸脯在轻轻起伏。夜晚来了，夜色在他们脚下铺开，在等着他们，它长得不可思议，浓得不可思议，昭示着他们的美好前途。

现在，他一个人走下台阶，发现回顾过去这次完胜使他勇气大增。那是他生命中唯一的一次,拒绝了失败的可能性,赢了。他穿过大道,沿着四十二街缓缓的斜坡往回走时,其他的回忆也涌出来:那天晚上他们走的也是这条路,走到巴尔的摩去喝点东西,他还记得在鸡尾酒吧里她坐在圆沙发椅上,酒吧里半明半暗,她靠着他,当他帮她脱大衣袖子时,她身子向前扭动,然后往后一靠,长发甩向脑后,她举起酒杯,搁到唇边,同时向他飞了一个媚眼。过了一会,她说:"噢,我们去河边走走吧——我喜欢一天当中这个时候的河边。"他们离开酒吧,往河边走去。现在他也朝那边走,走过叮叮当当的第三大道,朝都铎城走去——这段路一个人走起来好像长得多——直到他站在小栏杆边,俯看着东河大道,那里车流如织,灰色的河水在它旁边缓缓地流着。当时,正是在这里,皇后区灰暗的天幕下有艘拖船在某处轰鸣,他一把拉过她来,第一次吻了她。现在,他转过身,俨然是个焕然一新的男人,他动身回家。

走到家门口,迎面扑鼻而来的便是芽甘蓝的味道。孩子们还在厨房里吃晚餐:他从盘子的叮当声里分辨出他们大声的吞咽声,还有妻子哄他们吃饭的声音,话语里透着疲劳。他关上门,听到她在说,"爸爸回来了,"孩子们开始叫着,"爸爸!爸爸!"

他小心地取下帽子,放在门厅的壁柜里,刚转身,她就从厨房走出来,在围裙上擦干手,疲惫地笑着。"第一次准时回家，”她说。“我以为你今晚又要加班。”

“不，”他说。“我今晚不用加班。”他听着自己的说话声，古怪又陌生，在他耳朵里放大了好几倍，好像在一间回声室里说话。

“不过你看上去确实很累，沃尔特。好像精疲力竭似的。”

“走路回家的，就这样。可能是我还不太习惯。都还好吧？”

“噢，还好。”可她自己看上去也累得够呛。

他们一起走进厨房，他立刻觉得被厨房的湿润明亮给包围住，陷于这湿润明亮之中。他的眼睛忧郁地扫过牛奶纸盒、蛋黄酱罐、汤盆和麦片盒，窗沿上桃子摆成一排，还没熟，两个孩子柔弱娇嫩，叽叽喳喳说着话，小脸蛋上沾着点土豆泥。

进到卫生间，情况好多了。他在卫生间里呆了好久，远远超出洗手准备吃饭所需的时间。在这里至少他可以自己再单独呆上一会，他往脸上浇了点冷水让自己振作一点；唯一的干扰是妻子对大儿子不耐烦地提高了嗓门：“好了，安德鲁·亨德森。今晚你不把蛋奶糕吃完，你就没有故事听。”不多久，传来拖椅子、码盘子的声音，孩子们吃完晚饭了。又是一阵踢踢踏踏的鞋子声和摔门声，他们给放回自己房间，洗澡前要在那里玩上一小时。

沃尔特仔细擦干双手；走回起居室的沙发处，拿了本杂志窝在沙发里，他缓慢深长地吸了几口气，自己控制得还不错。

没多久，她走进来，围裙已取下，补了唇膏，还带着一只装满冰块的鸡尾酒大杯。"哎，"她叹了口气说。"谢天谢地，总算忙完了。现在可以安静会了。"

"我要喝点酒，亲爱的，"他说着，一跃而起。他希望自己的声音听上去正常，但还是像在回音室里一样嗡鸣着。

"不行，"她命令道。"你该好好坐着，让我来伺候你。你回家时看起来那么累。今天过得怎么样，沃尔特？"

"噢，还行吧，"他说，又坐了下来。"挺好的。"他看着她量好杜松子酒和苦艾酒分量，把它们倒进鸡尾酒杯里，搅动起来，手法简洁利落，然后摆好托盘，端着它从房间那头走过来。

"给，"她紧挨着他坐下来，说。"能劳你大驾吗，亲爱的？"他往冰冷的杯子里倒好酒，她举起手中酒杯，说，"噢，太好了，干杯。"这种明快的鸡尾酒情调是她精心设计的，他知道。在带孩子们吃晚饭时，她的严母形象也是如此；大清早她快速扫荡超市，那轻快实用的效率也是如此；今天晚些时候，她倒在他怀里时的温柔也是如此。她生活中许多种情绪都在小心有序地转换，或者可以说，这本来就是她的生活。她将一切安排得井井有条，只有偶尔这样近距离地看着她的脸，他才能看到为此她付出了多少。

酒开始起作用了。他呷了一小口冰凉的酒，开始很苦，但让他平静下来，手里的杯子看上去深得让人安心。他又抿了一两口，才敢再看她，她的目光鼓舞人心。她的微笑里几乎没有一丝紧张情绪，不久他们就像一对快乐的情侣放松地聊起来了。

“噢，这样坐下来，完全放松，多美啊！”她把头埋到沙发靠枕里说。“星期五的晚上多么可爱啊！”

“当然，”他说，但是立即低头饮酒来掩饰自己的惊慌。星期五晚上！这意味着还要过两天他才能出去找工作——两天软禁于家中，在公园里骑三轮童车，吃冰棍，根本没指望摆脱他的秘密。“真好笑，”他说，“我差点忘了今天是星期五。”

“噢，你怎么能忘掉？”她极为享受地缩进沙发里。“我天天都盼望着这一天。再给我倒一点，亲爱的，我又得干活去了。”

他又给她倒了一点，给自己倒了一大杯。他的手直哆嗦，洒出来几滴，但她好像根本没注意到。她也没意识到他的回答越来越干巴巴，只剩她在自说自话。她回去干活了，往烤肉上抹油，给孩子们洗澡，收拾房间准备睡觉，沃尔特坐在那里，杜松子酒的沉醉让他的思维不知不觉地陷入混乱。只有一个想法执意浮现出来，只有一个自我忠告，像他一口接一口喝着的酒一样冰凉清冽：挺住。无论她说什么，无论今晚或明天或后天发生什么，一定要挺住。挺住。

但是随着孩子们洗澡时泼水的声音飘进房间，挺住越来越不容易；到他们给领进房来说晚安时挺住更为艰难。孩子们手里抱着泰迪熊，穿着干净的睡衣，小脸亮光光的，一股香皂的清香味，看到这一切之后简直不可能再在沙发上坐得住。他跳起来，在房间里来回踱着，香烟一根接一根地抽。听着隔壁房间里，妻子在绘声绘色地念着睡前故事，声音清晰："你可以从田野里走，也可以走小路，但千万不要走进麦克格里高先生的花园……"

她将身后孩子房间的门关上后，又走进来，看见他站在窗边，像一尊悲哀的雕像，望着下面黑漆漆的院子。"怎么啦，沃尔特？"

他转身过来，咧开嘴假笑一下。"没什么，"声音还是像从回音室里传出来的，电影摄影机又开始滚动了，先是他紧张的脸部特写镜头，接着切换到她这边，观察她的行动，她站在咖啡桌旁不确定地徘徊着。

"嗯，"她说。"我打算先抽支烟，再端菜上桌。"她又坐下来——这次没有往后靠，也没有笑，这是她忙碌、端菜上桌时的表情。"沃尔特，你有火柴吗？"

"有。"他走过来，在口袋里掏了半天，好似给她他珍藏了一天的东西。

"天啊，"她说。"看看这些火柴。它们怎么啦？"

"火柴？"他盯着那一团糊里巴拉、揉成一团的纸板火柴，这似乎是无可辩驳的证据。"肯定是把它们撕了什么的，"他说。"紧张时的习惯。"

"谢谢，"她接过他颤抖的手递过来的火，然后她睁大眼睛、严肃地盯着他。“沃尔特，出什么事了，是吗？”

“当然没有。怎么会有什么——”

“说实话。是工作上的吗？是不是——你上周担心的？我是说，今天出了什么事会让你觉得他们可能——克罗威尔说什么了吗？告诉我。”她脸上的细纹似乎更深了。她看上去那么严肃，有魄力，突然老了许多，甚至也不再美丽——一个惯于处理紧急事件，随时准备承担责任的女人。

他朝房间里一把舒服的椅子走过去，背影明确宣告失败即将到来。他在地毯边停下脚步，看似直挺挺的，一个受伤的男人正努力撑着；然后他转过身，面朝她，给她一丝忧郁的笑容。

“嗯，亲爱的——”他开口道。他的右手伸出来，摸着衬衣中间的钮扣，好像要解开它，接着长叹一声，向后颓然倒进椅子里，一只脚耷拉在地毯上，另一只脚蜷在身下。这是他一天中做过的最体面的事。“他们找我了，”他说。

与鲨鱼搏斗

没人把《劳工领袖》太当回事。即使芬克尔和克拉姆，它的老板，两位整日愁眉不展的连襟，最初的创办人，也不知他们怎么做到年年盈利的——可就连他们也没觉得自豪。他们心不甘情不愿地在办公室里忙前忙后，他们的拳头与咆哮让墨绿色隔断颤个不停，他们一把抓过长条校样，撕个粉碎；他们折断铅笔尖，把湿湿的烟头扔在地上，鄙视地把电话摔到电话架上。至少，以前，我从他们的这些行为中得出上面的结论。他们俩谁也没想着要把《劳工领袖》当成毕生的事业，他们似乎憎恨它。

你不能责备他们：这东西像个魔鬼。形式上，它是本厚厚的双周刊小报，印刷质量低劣，页张很容易从你手中散落，却很难再按顺序把它们理好；方针上，它自称为“忠于工会运动精神的独立报纸”，可它真正的定位却是为工会头头们办的一种行业期刊，反正头头们从工会经费中出钱订阅，他们肯定是倾向于去容忍而并非真想或是需要这份报纸给予他们任何些许的支持。不用说,《劳工领袖》"从劳工视角"出发报道的全国性事件早已过时,很可能还弄得乱七八糟,经常因排印错误搞得晦涩难懂;它排版密集的专栏里充斥着溜须拍马的报导,都是那些订阅名单上的工会头头们在做什么,常常有更大的新闻不去报道,只因那些工会领导没有订阅它。每一期里都有许多头脑简单的宣传,以多个小型工商企业之名主张"和谐",芬克尔和克拉姆能够乞求或恫吓那些小企业掏钱购买版面——这种妥协几乎肯定会妨碍一份真正劳工报的发展,然而,这种妥协,似乎根本不足以限制《劳工领袖》的风格。

编辑部人员流动十分频繁。只要有人辞职,《劳工领袖》就会在《时代周刊》的招聘版上登广告,提供"与经验相适的薪水"。结果导致《劳工领袖》办公室外的人行道上总是挤满一大群人,办公室就在靠近服装业区的南面,粗糙的当街门面。主编克拉姆(芬克尔是出版人),会先让他们等上半小时,才拿起一沓应聘表,猛地甩甩衬衫袖口,神情严肃地打开门——我想他很享受这种时不时的机会,当一个说了算的人。

"好了,慢慢来,别着急,"当应聘人群推搡着往里走,挤压着隔开里面办公室的木栅栏门时,他会说。"别着急,先生们。"然后他抬起一只手,说,"我能请你们安静一下吗?"接着他开始解释这份工作。当他谈到薪水时,走了一半应聘者,留下来的大多数人,对任何冷静、整洁、能够造出一个完整英语句子的人来说,都够不上竞争力。

我们都是这样给招进来的。那年冬天,我们六或八个人,蹙眉坐在《劳工领袖》那惨淡的荧光灯下,大部分人毫不掩饰自己想找份更好工作的愿望。我丢了某都市日报的工作几周后,就在那里工作,直到来年春天一家大型图片杂志社解救了我,至今我还在这家杂志社工作。其他人有其他的解释,像我一样,他们花很多时间讨论:这儿真是啰里巴嗦、添油加醋讲自己倒霉事的好地方。

利昂·索贝尔在我之后不到一个月加入了编辑部,从克拉姆领他进到编辑室那一刻起,我们就知道他会与众不同。他站在凌乱的桌子中间,脸上那神色仿佛一个人在巡视他即将攻占的新战场,克拉姆把我们一一介绍给他(忘掉了一半人的名字),索贝尔夸张又煞有其事地跟大家握手。他约莫三十五岁,比我们大多数人年纪要大,个头很矮,神情肃然,一头黑发似乎从他头骨上炸开来,薄薄的嘴唇,一本正经的脸上有些疙疙瘩瘩的粉刺疤痕。说话时眉毛总在动,而他的眼睛,与其说洞悉一切,不如说急着想要洞悉一切,从来不会离开听众的眼睛。

关于他,我所知的第一件事是他以前从没做过办公室的活:成年后,他一直干的是钣金工。而且,他来《劳工领袖》,不像我们大多数人是出于需要,相反,用他的话说,是出于原则。事实上,为了来这里,他放弃了一份几乎是这里两倍薪水的工作。

"怎么啦,你不相信?"他在告诉我这个之后问道。

"嗯,不是,"我说。"只是我——"

"也许你以为我疯了,"他说,脸上挤出精明的微笑。

我想辩解,可是他不让。"听着,别着急,麦凯布。我早就被人叫做疯子,它对我没什么影响。我太太说,'利昂,你应该想得到,'她说,'人们根本不会理解,一个人对生活的要求不仅仅是钱。'她是对的!她是对的!"

"不,"我说。"等等。我——"

"人们觉得你只能在以下二者中居其一:要么你是条鲨鱼,要么你只得躺在那里,任鲨鱼活生生地把你吃掉——这个世界就是这样。而我,我是那种会走出去,与鲨鱼搏斗的人。为什么?我不知道为什么。这是不是疯了?好吧。"

"等等,"我说。我试着解释,我压根不反对他为社会正义斗争,如果他脑子里有这种想法的话;只是我觉得《劳工领袖》可能是世界上最不适合他的事业之处。

可是他耸耸肩,觉得我这是在吹毛求疵。"那又怎样?"他说。"这是份报纸,不是吗?其实,我是个作家。如果一个作家无法让自己的文字发表出来,那么这个作家有什么用?听着。"他抬起一条腿,搭在我办公桌边上——他太矮了,很难优雅地做出这个姿势,但是他有力的说理帮他成功地做到了。"听着,麦凯布。你还是个年轻人。我想跟你说点事。知道我已经写了多少本书吗?"现在他的手伸出来开始表演,因为它们迟早会这样的。两个短粗的拳头伸到我鼻子下,并在那里晃荡了片刻,然后爆发成一丛僵硬、颤抖的手指丛林——只有一只手的大拇指没有伸出来,还弯在掌心里。“九本,”他说,两手又垂到大腿两侧,在他再次需要它们之前在那儿休息。“九本。小说、哲学、政治理论——涵盖所有领域。没有一本出版。相信我吧,我写作已经有一段时间了。”

“我相信,”我说。

“所以,最后我坐下来想:答案是什么?我这样想:我的书,它们说的全是真相,这就是麻烦所在。真相是样可笑的东西,麦凯布。人们想看真相,可真相只有出自他们知道名字的那些人之口,他们才想看。我说得对不对?那好。我想,如果我想写这些书,首先我得让自己成名。任何牺牲都是值得的。别无他途。你知道吗?麦凯布,我写最后一本书花了两年时间?”两根手指弹出来,说明这一点后,又收了回去。“两年,每晚工作四五个小时,周末一整天。你应该听听我从出版商那里得到的废话。市里所有该死的出版商。我太太哭了。她说,‘可是为什么,利昂?为什么?’”此时,他的嘴唇抿得紧紧的,牢牢贴住小而发黄的牙齿,他一拳砸在放在大腿上的另一只手掌里,随后放松下来。“我告诉她,‘听着,亲爱的。你知道为什么。’”现在他带着恬静的喜悦朝我笑笑。“我说,‘这本书讲了实话。这就是为什么。’”接着,他朝我挤挤眼,腿滑下我的办公桌,腰板挺得笔直,自信满满地走了。他穿着件脏兮兮的运动衫，黑色哔叽裤管松垮垮地晃荡着，屁股那里磨得发亮。这就是索贝尔。

他花了些时间才适应工作，放松下来：大约在第一周，他不开口说话的所有时间，都在满腔热诚、全力以赴地工作。他担心工作没做好，会让执行主编芬尼[1]之外的所有人都不安。像我们其余人一样，索贝尔有张本市十二到十五家工会办公室的清单，他的主要工作便是与它们保持联系，把它们发布的一点点新闻写成捧场文章。按惯例，并没什么特别令人兴奋的可写。通常的报道，连同一个通栏标题也只有两到三段：

管道工成功

加薪3分钱

或类似于这样的东西。可是索贝尔像写十四行诗一般仔细创作，稿件交上去后，他坐在那儿焦虑地咬着嘴唇，直到芬尼抬起一根食指说："索贝尔，过来一下。"

于是他走过去，站在那里，芬尼吹毛求疵地指出一点小小的语法错误时，他就抱歉地点头。"永远不要以一个介词结尾，索贝尔。你不能说，'给管道工们新的讨价还价的理由。'你要说，'给管道工们新的理由去讨价还价。'"[2]

---

① 芬尼，芬克尔的昵称。

② 不以介词结尾是条英文语法原则。原文中芬尼强调不能说：gave the plumbers new grounds to bargain on，而要说：gave the plumbers new grounds on which to bargain。

芬尼很享受这种说教。可恶的是,在一个旁观者看来,索贝尔用太长时间才明白别人凭直觉就能知道的事:芬尼是个胆小鬼,只要你抬高嗓门,他就会软下来。这是个脆弱的神经质男人,兴奋时,他会流口水,用手指梳理他那油腻腻的头发,结果手指把他的发油,就像他的一丝人品一样,传播到他碰触的任何东西上:他的衣服、他的铅笔、他的电话,还有他的打字机键盘。我猜他当执行主编的主要原因是其他人不愿意忍受克拉姆对他的那种欺辱:他们的编辑会议总是从克拉姆的咆哮开始,克拉姆从他的格子间后面吼道:"芬尼!芬尼!"芬尼像只松鼠似的马上跳起来,急匆匆地跑进去了。于是,你听到克拉姆冷酷而单调的质问声,还有芬尼气急败坏哆嗦着的解释,最后总是以克拉姆一拳打在他的办公桌上结束。"不,芬尼。不,不,不!你怎么回事?要怎么跟你解释,你才能听懂?好吧,好吧,滚出去,我自己来做。"一开始,你会想,芬尼干吗要忍受这个——没人需要一份这样糟糕的工作——可是答案就像事实摆在那里,《劳工领袖》只有三篇署名文章:一篇是来自报业辛迪加①的毫无新意的体育特写,一篇呆板无聊的专栏"今日劳工,作者:朱利斯·克拉姆",这篇文章占了整个社论版,报纸最后还有一篇两栏的带框文章,标题是:

① 报业辛迪加:向各报纸杂志出售稿件供同时发表的企业。

百老汇直击

作者:韦斯·芬尼

在文章左上角甚至还有指甲大小的作者照片,他头发抹得油光锃亮,自信地露齿而笑。文章尽量从劳工角度出发,东指西戳地写点东西——比如,来上一段关于演员工会的报道,要不就是后台工作人员工会——可是大多数时候,他开门见山,以两三名真正的百老汇及夜总会专栏作家的笔法写道:"你听说过科巴①里的当红女歌星吗?"他会问那些工会头头;接着他告诉他们她叫什么名字,还有两条按语,一条淘气地写上她的胸围臀围尺寸,一条简单地说明她"来自"哪个州,他会这样结束:"全城沸腾,人们蜂拥而至。他们断言,对此本编辑部全体同仁一致同意:此位女士很有品位。"没有读者会想到韦斯·芬尼的鞋子需要补了,也想不到他会没有任何免费门票,除了看场电影或蹲在自动快餐店②里吃上一个肝泥香肠三明治外,他从不外出。他用业余时间撰写专栏,挣点外快——那数目,我听说是一个月五十美元。因此这是彼此满意的交易:花一笔小钱,克拉姆绝对奴役着他的受鞭伴读③;受点小折磨,芬尼可以把剪报粘在剪贴簿上,把《劳工领袖》上的所有

---

① 科巴:Copa,即 Copacabana,是纽约西三十四街十一道 560 号上的一家著名的夜总会的名字。

② 自动快餐店:Automat,提供简单的饮料、食品,顾客投币购买。

③ 受鞭伴读:陪太子读书,代受鞭责的替罪羊。

垃圾剪下来扔进他带家具的房间里的废纸篓里，睡前小声说个不停，直到睡着，再做个彻底自由的美梦。

不管怎样，就是这个人，可以让索贝尔为他的新闻报道中的语法问题而道歉，看着这一幕，真令人伤感。当然，也不可能永远这样。一天，它终于结束了。

那天，芬尼把索贝尔叫了过去，向他解释什么是分裂不定式①，索贝尔蹙着眉，努力理解着。他俩都没发现克拉姆一直站在自己办公室门口听着，他盯着湿乎乎的雪茄嘴在研究，仿佛味道极差。他的办公室离这里只有几尺远。

“芬尼，”他说。“你应该去当英语老师，在高中里谋个职位。”

芬尼一惊，想把铅笔别在耳朵后面，却没注意那里已有一枝了，两枝铅笔啪嗒一声掉在地上。“嗯，我——”他说。“我只是想我——”

“芬尼，这我不感兴趣。把铅笔捡起来，请听我说。仅供参考。我们不指望索贝尔先生是个精通文学的英国人，他该是受过教育的美国人，而对此，我完全相信。我说清楚了吗？”

当索贝尔走回自己的办公桌时，脸上的表情仿佛从监狱获释归来。

从那时起，他放松下来；或者说几乎是从那时起——与这

---

① 分裂不定式：split infinitive，to 与动词之间加进副词的不定式。

种转变牢牢粘在一起的是奥利里的帽子。

奥利里是城市大学刚毕业的学生，编辑中最优秀的人之一（打那以后他干得很好；现在你经常能在某份晚报上看到他的署名文章），那年冬天他戴着顶帽子，是那种防水布做的，雨衣店里就有得卖的帽子。这帽子并没什么特别时髦之处——实际上，它松软下垂，奥利里戴上它脸显得更小——可是，索贝尔心里一定对这顶帽子羡慕不已，把它看作记者身份的象征，或者洒脱不羁的象征，因为一天清晨，他戴着顶一模一样的帽子来上班，只不过是全新的。可戴在他头上比戴在奥利里头上更糟，特别是他穿着那件粗笨的外套。但他似乎很喜欢这顶帽子，为了配这顶帽子还慢慢形成了一套新的做事风格：每天上午，当他坐下来打例行电话（“我是《劳工领袖》的利昂·索贝尔……”）时，食指轻轻一弹，让帽子往后翘起；当他有采访任务要外出时，他把帽子潇洒地往前一拉；当他回到办公室写他的报道时，他把帽子一扔，让它旋转着挂到衣帽钩上。一天结束，临下班时，他把定稿扔进芬尼的文件篮里时，帽子斜斜地遮住一侧眉毛，然后他绕着肩膀一甩大衣，貌似随意地扬手再见，然后大步走了出去。那时我心里总有着一幅他的画面：他一路坐地铁回布朗克斯[1]，研究着漆黑的地铁玻璃窗上自己的影子。

---

① 布朗克斯：Bronx，纽约五大区之一，纽约市最北端的黑人区。

看来他立意要热爱这份工作。他甚至把家人的照片都带来了——疲惫可怜的妇人和两个孩子——他用透明胶带把照片贴在桌上。而我们其他人,除了一盒火柴,从不会留任何个人物品在办公室过夜。

二月末的一个下午,芬尼把我叫到他油腻腻的办公桌前。“麦凯布,”他说。“想不想为我们做个专栏?”

“什么样的专栏?”

“劳工杂谈,”他说。“坦率的工会栏目,从杂谈或闲聊的角度出发——小幽默、人物这类的东西。克拉姆先生认为我们需要这样一个栏目,我跟他说,你是这个栏目最合适的人选。”

我不否认我有点轻飘飘(毕竟,我们都局限于我们所处的环境),可是我也有点怀疑。“我能署名吗?”

他开始紧张地眨巴眼睛。“哦,不,没有署名,”他说。“克拉姆先生不想让这个变成署名文章。听着,这些家伙会把他们得到的所有信息给你,你只要把它们收集起来,组织一下。这只是你在上班时间干的活,是你日常工作的一部分。明白我的意思吗?”

我明白他的意思。“也是我日常薪水的一部分,”我说。“对吗?”

“没错。”

“不,谢谢,”我告诉他,接着,我觉得自己很是慷慨,我建议他找奥利里试试。

“不,我已经问过他了,”芬尼说。“他也不想做。没人想做。”

当然,我本该猜得到,他按名单挨个问过了办公室里的每个人。从这时已将近下班来看,我断定我接近这名单的末尾。

那天晚上下班后,我们离开办公室时,索贝尔紧跟在我身后。他像披斗篷似的披着大衣,袖子空荡荡地晃着,当他敏捷地避开人行道上的一摊污水时,手紧扶着那顶布帽。“告诉你个秘密,麦凯布,”他说。“我要为报纸做个专栏。谈妥了。”

“是吗?”我说。“有钱的吗?”

“钱?”他眨眨眼。“我要跟你谈谈那个。我们去喝杯咖啡吧。”他领我进了铺着瓷砖、热气弥漫、亮堂的自动快餐店,我们在靠墙角的一张湿漉漉的桌子前坐下后,他解释了事情的来龙去脉。“芬尼说没有钱,明白吗? 于是,我说好吧。他说也不能署名,我说好吧。”他又眨眨眼。“做事聪明点。”

“你是什么意思?

“我是什么意思?”他总是像这样重复你的问题,玩味它,黑眉毛高高挑起,让你等待答案。“听着,我把这个芬尼看透了。这些事情他拍不了板。你以为他能决定这里的什么事么? 你最好放聪明点,麦凯布。克拉姆先生说了算。克拉姆先生是个聪明人,别骗自己了。”他点点头,举起咖啡杯,可是嘴唇给烫了回来,他撮起嘴,吹开热气,开始小心而不耐烦地抿着咖啡。

“嗯，”我说，“好吧，可在你着手干之前，我去跟克拉姆核实一下。”

“核实？”他把杯子往桌上重重一放。“核实什么？听着，克拉姆先生想办个专栏，对吗？你以为他在乎我能不能署名？或能不能加点钱——你以为如果我专栏写得好，他就会小气地为我涨点薪水？那你是痴心妄想。芬尼就是一个例子，你难道不明白吗？他担心自己的专栏不保，他才不会便宜我呢。明白吗？所以，行了。我谁也不会去找，我把那个专栏写出来再说。”他用僵硬的拇指戳着自己的胸口说。“利用我自己的业余时间。然后我会拿着它去找克拉姆先生，我们来谈正经的。你就别管我了。”他舒舒服服地坐在那里，胳膊放在桌上，两手捧着杯子，吹着热气，只是没有喝咖啡。

“那好，”我说。“我希望你是对的。如果那样能行就好了。”

“啊，也可能不行。”他让了一步，他的嘴扭成思索的模样，头也偏到一边。“你知道，这是场赌博。”可他这样说只是出于礼貌罢了，是为了减轻我的嫉妒。他可以表现出疑虑，因为他压根就没有疑虑，而我看得出他已经想好怎么跟他太太说这件事了。

第二天上午，芬尼到我们每张桌子前绕了一圈，指示我们把能找到的任何闲言琐话都提供给索贝尔；专栏计划下一期就推出。后来我看到他跟索贝尔在商量，简单告诉他这个专栏该如何写，我发现全是芬尼在说，索贝尔只是坐在那里，喷出一口口轻蔑的细烟。

这一期刚刚付印，所以离专栏的截止期还有两周。一开始，没有发现多少消息——很难从我们报道的工会里得到什么新闻，更别提什么“闲谈”了。无论什么时候，如果有谁传给他张纸条，索贝尔总是皱眉看看；或草草写上几个字，或把它扔进办公桌抽屉里；有一两次，我看到他把它们扔进了废纸篓里。我只记得我给他的有一条是：我分管的当地蒸汽管装修工工会代表隔着关上的门冲我叫道，那天不要打扰他，因为他妻子刚生了双胞胎。可是索贝尔不想要这消息。“这家伙生了双胞胎，”他说。“那又怎样？”

“随你便，”我说。“你手头有很多其他材料吗？”

他耸耸肩。“有一点，我不着急。可是，我跟你说件事——我不会用太多这些垃圾的。这种闲话。谁他妈的会看这些东西？你不能把整个专栏全塞满这种垃圾。你得用些东西把它们拼在一起。我说得对不对？”

还有一次（现在他满嘴里说的只有专栏），他笑盈盈地说：“我太太说我现在变得跟以前写书时一样糟了。写，写，写。可她不在乎，”他补充道。“她对这件事真是很兴奋。她逢人便说——邻居们，所有的人。星期天她哥哥过来看她，问我这份工作怎么样——你知道，一种自以为是的口吻。我一声没吭，可是我太太高声说了：‘利昂在为报纸做一个专栏’——她详详细细跟他说了一切。伙计，你真该看看他那张脸。”

每天早上，他把前一天晚上干的活带来，一沓手写的稿子，用午饭时间把它打出来，坐在桌前一边嚼着三明治，一边修改。每天晚上，他最后一个回家；我们走时，他一个人还心醉神迷地专心敲着打字机。芬尼不停地烦他——“索贝尔，那个特写做得怎样了？”——可他总是眯着眼、凶狠地扬起下巴，回避这个问题。“你着什么急？我会给你的。”说完他冲我眨眨眼。

交稿日那天清晨，他来上班时脸上还粘着一小块手纸；刮胡子时一紧张把脸给划破了。不过，其他方面，他看上去还是一如从前自信满满。那天早上没人打电话——截稿日我们全都在誊写、校对——所以他做的第一件事是摊开定稿最后读一遍。他十分专注，竟没发现芬尼站在他手边了。“你想把那特写给我吗，索贝尔？”

索贝尔一把抓起稿件，傲慢地用前臂把它们遮起来。他目不转睛地望着芬尼，说得那么坚定，看来这两周他一定在练习：“我要把这个给克拉姆先生看。不是给你。”

芬尼气急败坏，脸扭成一团。“不，不，克拉姆先生没必要看这个，”他说。“再说，他还没来。来吧，给我。”

“你在浪费时间，芬尼，”索贝尔说，“我在等克拉姆先生。”

芬尼嘴上嘀咕着，避开索贝尔洋洋得意的目光，回到自己桌前，读《百老汇直击》进行校对。

那天早上我在排版桌前忙自己的活，往第一版块上贴样张。我站在那里，与难以操纵的页面版式和粘满胶水的剪刀搏斗，索贝尔悄悄走到我身后，看上去焦躁不安。“麦凯布，在我交上去之前，”他问。“你想看看吗？”他递给我那叠手稿。

给我的第一个震惊是首页上贴了张照片，是他戴着那顶帽子的一张小照。接着是他的标题：

索贝尔闲谈

作者：利昂·索贝尔

第一段的字句我记不太准了，大意如下：

> 这是《劳工领袖》新栏目的“处女作”，而且，对你们的这位记者而言，它也是“崭新的”，之前他从来没有经手过专栏。然而，在写作上，他早非新兵，相反，在思想领域的战场上，他身经百战，是个“双手沾满墨水的老兵”，自他笔下现已写出九本书。
>
> 当然，在这些著作里，他的任务与他在这个专栏里略有不同，然而他希望这个专栏也能和以前那些著作一样，努力洞察人性本质之谜，换言之，讲实话。

我抬起头，发现他在揭开脸上剃须刀割破的地方，现在血自由地渗出来。“嗯，”我说，“首先，我不会把有你那种照片的稿子交给他——我是说，难道你不觉得最好先让他看看，再——”

“好吧，”他说，用揉成一团的手帕把脸擦花了。“好吧，我把照片拿掉。接着说，读读其余部分。”

可是没有时间再读了。克拉姆来了，芬尼跟他说了，现在他站在自己办公室门口，大声嚼着一根熄了的雪茄。“索贝尔，你想见我？”他叫道。

“等一下，”索贝尔说。他把“索贝尔闲谈”的各页理整齐，撕下相片，塞进屁股后面的口袋里，向那门走去。半路上，他想起要摘下帽子，扔到衣帽钩上，可没扔中。接着，他消失在格子间后，我们全都坐下来听。

没多久，克拉姆开始发作了。“不，索贝尔。不，不，不！这是什么？你想骗我吗？”

外面，芬尼滑稽地往后一缩，拍着一侧的脑袋，咯咯笑了，奥利里只好瞪着他直到他止住笑声。

我们听到索贝尔的声音，一两句含混的辩解，接着克拉姆又发作道：“‘人性本质之谜’——这是杂谈？这是琐议？你不能按照指示做？等等——芬尼！芬尼！”

芬尼迈着轻松的步伐小跑至门边，很高兴被召唤，我们听见他清楚、正当地回答了克拉姆的询问：是的，他已经告诉索贝尔专栏应该是个什么样子;是的,他已明确说明不能署名;是的,已经向索贝尔提供了丰富的闲谈资料。我们听到的索贝尔的话很模糊,语调简洁平淡。听到克拉姆粗声粗气的回答,即使我们听不清字句,我们也知道一切都完了。接着,他们出来了,芬尼面带愚蠢的笑容,你有时候在张口呆看街头事故的人群中看得到这种笑容,索贝尔面无表情,死了一般。

他从地上拾起帽子,从衣帽钩上取下大衣,穿戴好,走到我跟前。"再见,麦凯布,"他说。"保重。"

我跟他握手,觉得我自己脸上也浮现出芬尼式的傻笑,我还问了个愚蠢的问题。"你要走吗?"

他点点头。接着他与奥利里握手——"再见,孩子"——然后,犹豫着,不确定要不要跟其他同事握手。他勉强晃了晃食指,走到街上。

芬尼等不及要告诉我们里面发生的故事,他急切而小声地说:"那家伙疯了! 他对克拉姆说,'要么你接受这个专栏,要么我辞职'——就是那样说的。克拉姆只是看着他,说道,'辞职? 给我滚出去,你给炒掉了。'我的意思是,他还能说别的吗?"

转过身,我看到索贝尔的妻儿照片还贴在他桌上。我撕下来,拿着它跑到街上。"嘿,索贝尔!"我叫道。他走到一个街区外了,人影已很小,向地铁站走去。我开始追他,在结了冰的烂泥里,我差点摔断脖子。"嘿,索贝尔!"可他没听到。

回到办公室，我在布朗克斯区的电话簿上找到他的地址，把照片装进信封，丢进邮筒，我希望故事就此结束。

可那天下午，我给战前工作过的五金行业期刊的主编打了个电话，他说现在他那儿没有空缺，但不久后可能会有，如果索贝尔想顺道来看看的话，他愿意面试一下。这真是个愚蠢的主意：那里的薪水甚至比《劳工领袖》给的还低，而且，那个地方适合那些父亲想让他们学点五金业务的年轻人——索贝尔只要一张口，可能人家就根本不会考虑他。可这还是聊胜于无吧，所以那天晚上，我一出办公室，就找了个电话亭，再次查找起索贝尔家的电话。

电话那头传来一个女人的声音，可这不是我想象中的那种尖细而虚弱的声音。它低沉而悦耳——这是我的第一个惊奇。

"是索贝尔太太吗？"我问，对着话筒傻笑。"利昂在家吗？"

她开始说，"等一下，"可是又改口说，"请问你是谁？我现在不想打扰他。"

我告诉她我的名字，试着解释五金业期刊这码事。

"我不明白，"她说。"这究竟是份什么报纸？"

"嗯，这是份行业期刊，"我说。"我想，不是很那什么，可是它——你知道，在它那类期刊中，多少还算好的。"

"我明白了，"她说。"你想让他去那里申请一份工作？

是那样吗?”

“嗯,我的意思是,如果他愿意的话,当然,”我说。我开始出汗了。很难把索贝尔照片中那苍白病态的脸跟这个宁静、几乎优美的声音联系在一起。“我只是想他可以试一下,如此而已。”

“哦,”她说,“等一下,我问问他。”她放下电话,我听到他们在后面小声地谈话。开始他们的字句有点含糊,可后来我听到索贝尔说:“啊,我要跟他说——我只是谢谢他打电话过来。”我听到她的回答,绝对温柔的回答,“不,亲爱的,为什么你该谢谢他呢? 他不配。”

“麦凯布还好了,”他说。

“不,他不是的,”她告诉他,“要不他该给你留点面子,不来打扰你。让我来吧。求求你,我来打发掉他。”

她回到电话旁,她说:“不,我丈夫说他对那种工作不感兴趣。”然后她客气地谢谢我,说再见,任凭我走出电话亭,心越来越虚,汗越来越多。

与陌生人共乐

整个那年夏天,即将在斯耐尔小姐班上念三年级的孩子们不断得到有关她的警告。“伙计,会有你好受的,”高年级的孩子们会这样说,还龇牙咧嘴一副幸灾乐祸的样子。“真的会有你好受的。克莱丽小姐不错。”(克莱丽小姐教三年级另外一班,那幸运的另一半)“——她很好,可是,伙计,那个斯耐尔——你最好当心点。”因此,九月开学前斯耐尔小姐班上就士气低落,开学头几周她也没做什么来改善一下。

斯耐尔小姐可能有六十岁了,又高又瘦,长着一张男人脸,不是从她的毛孔里,便是从她的衣服里,似乎总是散发出那种干干的铅笔屑、粉笔灰的味道,一股学校的味道。她要求严格,不苟言笑,对找出那些她不能容忍的事情乐此不疲:讲小话啦、瘫坐在椅子上啦、做白日梦啦、老是上洗手间啦,等等,而最最不能容忍的是,“上学竟没带齐文具。”她的小眼睛十分尖,如果有人鬼鬼祟祟地低声说话,或用手肘轻推旁边的人想借枝笔,几乎从来行不通。“那后面怎么啦?”她会发问。

“我说的是你，约翰·杰拉德。”而约翰·杰拉德——或霍华德·怀特或不管碰巧是谁——在说小话的当中被抓，只能红着脸说：“没什么。”

“不要说小话。是不是铅笔？你上学又没带笔？站起来回答。”

接下来是关于上学要带好文具的长篇大论。犯错的人主动走上前去，从讲台上她的小小储藏中拿一枝笔，按要求说：“谢谢您，斯耐尔小姐。”接着要反复保证不会咬这枝笔，不会把笔芯折断，直到他说得够大声，全班都听得到。只有这样她的长篇大论才会结束。

如果忘带的是橡皮擦，那更糟糕，因为大家总是喜欢把铅笔头上的橡皮咬掉，橡皮擦总不够用。斯耐尔小姐在讲台上放了一块又大又旧，没有形状的橡皮擦，看上去她很为此骄傲。“这是*我的*橡皮擦，”她在课堂上说，边说边晃着手上的橡皮擦。“这块橡皮擦我用了五年，五年了。”（这一点也不难相信，因为那块橡皮擦看起来和挥舞着它的手一样老旧灰暗，磨损得厉害。）“我从不拿着它玩，因为它不是玩具。我从不咬它，因为它不好吃。我也从不会把它弄丢，因为我不蠢，也不粗心。我做功课需要这块橡皮擦，所以我一直好好收着它。现在，为什么*你们*不能也这样对待*你们*的橡皮擦呢？我不明白你们这个班怎么回事。我从没教过你们这样的班级，对文具又笨又粗心又*孩子气*！”

她似乎从不发脾气，可是她发发脾气还好，因为她那单调、干巴巴、毫无感情、啰里啰嗦的一通说教，能让全班人人情绪低落。当斯耐尔小姐把某人拎出来，特别尖锐地批评时，这种说教可是一种严酷的考验。她会走上前，直逼到离受害者的脸一英尺不到的地方，眼睛直勾勾地盯着对方，一眨不眨，布满细纹、灰色的嘴唇缓缓地宣告他的罪状，冷酷而刻意，直数落到天黑。她似乎没有偏爱的学生；有一次她甚至把爱丽丝·约翰逊叫起来。爱丽丝·约翰逊的文具从来准备充分，她什么都做得出色。那次爱丽丝在全班朗读时说小话，斯耐尔小姐暗示几次后，她还在说。斯耐尔小姐走过去，把她的书拿开，数落了好几分钟。爱丽丝一开始吓呆了；接着两眼噙着泪水，嘴巴可怕地咧着，最后当着全班的面，羞愧难当地嚎啕大哭起来。

在斯耐尔小姐的课堂上哭泣不稀奇，即使是男孩子也一样。颇具讽刺意味的是，总是在这种场景——教室里唯一的声音便是某个同学低低的哽咽啜泣，其余同学痛苦而窘迫，目不斜视——的间歇中，从隔壁克莱丽夫人班上飘过来一阵阵笑声。

然而，他们没法憎恶斯耐尔小姐，因为孩子们心中的大坏蛋必须一无是处，而不可否认，斯耐尔小姐有时候也会用她笨拙的方法，试探着表达她的好意。“我们学习生词就像交新朋友，”有一次她说。“我们大家都喜欢交朋友，是不是？现在，比如说，今年开学时，对我而言，你们都是陌生人，但我很想知道你们的名字，记住你们的脸，我为此努力。开始容易混淆，但是没多久，我就与你们所有人都交上了朋友。接下来我们会一起度过一些美好时光——噢，也许是圣诞节时的小派对，或这之类的什么东西——而如果我没有做这种努力，我会很难过，因为你们很难与陌生人一起玩得开心，是不是？"她朝他们朴实而害羞地一笑。"学习生词也是这样。"

她说这样的话比其他任何事情更让人难为情，可这的确让孩子们对她产生了某种模糊的责任感，当其他班上的孩子们想知道她真的有多糟糕时，她这样的话也促使他们忠诚地保持沉默。"呃，不太坏，"他们会不自在地说，想换个话题。

约翰·杰拉德和霍华德·怀特放学后通常一起走回家。克莱丽夫人班上的两个孩子——跟他们住同一条街的弗雷迪·泰勒和他的孪生妹妹格蕾丝总是跟他们一起，虽然他们很想甩开他俩，但很少能做得到。约翰和霍华德在双胞胎跑出人群，追上他们之前，总是远远地跑到操场那头去了。"嘿，等等！"弗雷迪会大叫。"等等！"没多久，双胞胎就跟在他们身边走了，唧唧喳喳，一模一样的格子帆布书包晃荡着。

"猜猜我们下个星期做什么，"一个下午，弗雷迪尖声说。"我是说我们全班。猜一猜。来吧，猜猜吧。"

有一次，约翰·杰拉德对两个双胞胎明说了，说了很多，说他不喜欢跟女孩一起走路回家,现在他几乎想说一个女孩就够糟了,而两个他已无法忍受。他意味深长地瞟了一眼霍华德·怀特,他们俩一路沉默地走着,决定对弗雷迪坚持不懈的“猜猜”不作回应。

但弗雷迪不会为一个答案等太久。“我们要去郊游,”他说,“去上交通课。我们准备去哈蒙。你们知道哈蒙吗?”

“当然,”霍华德·怀特说。“一个小镇。”

“不,我不是这个意思。你们知道他们在那儿做什么吗?他们做的是,在那里把所有开进纽约的火车从蒸汽式车头换成电力车头。克莱丽夫人说我们准备去观看他们换车头什么的。”

“实际上我们会出去一整天,”格蕾丝说。

“那又有什么了不起?”霍华德·怀特问。“只要我愿意,我想哪天去那儿就哪天去,骑我的自行车去。”这话有点言过其实——他不允许骑车超出直径二个街区的范围——不过听上去不错,特别是他还加上一句,“我用不着克莱丽夫人带我去,”说到“克莱丽”几个字时,他还故意拿腔拿调,女里女气地说。

“上学的时候?”格蕾丝问。“你能在上学的时候去吗?”

霍华德心虚地咕哝着:“当然,只要我愿意,”但双胞胎显然切中要害。

“克莱丽夫人说我们会有很多次郊游,”弗雷迪说。“接下来,我们还会去参观自然历史博物馆,在纽约,还有其他一些地方。真糟糕,你们没在克莱丽夫人的班上。"

"别烦我了,"约翰·杰拉德说。接着,他直接引用他爸爸的话,再合适不过:"再说,我们上学可不是去鬼混的,我是去学校学习的。快点儿,霍华德。"

一两天后,传来消息,原来两个班计划一起去郊游;只不过斯耐尔小姐忘了告诉她的学生。当她告诉他们这事时,心情颇好。"我觉得这次郊游将特别有意义,"她说,"因为它会很有教育意义,同时这对我们大家来说又是一次游玩。"那天下午约翰·杰拉德和霍华德·怀特装作漫不经心地把这个消息告诉了双胞胎,其实心里偷偷地乐着。

但胜利总是太短暂,郊游这事更凸显出两个老师的区别。克莱丽夫人做每件事都充满热情,让人愉快;她年轻,自然优雅,是斯耐尔小姐班上学生见过的最漂亮的女人。一辆巨大的机车闲置在轨道岔线上,是她安排孩子们爬上去,观察它的驾驶室,是她找到公共厕所在哪里。关于火车最无聊乏味的事情,在她的讲解下也变得生动有趣;凶神恶煞的火车司机、扳道工,只要她长发飘飘,两手插在风衣口袋里,充满自信地笑着朝他们走去,他们就变成了快活的东道主。

整个郊游中,斯耐尔小姐落在后面,不惹人注意。她瘦弱、愁眉不展,背对着风缩起肩,眯缝着眼四处扫视,提防着有人掉队。她一度让克莱丽夫人等着,把自己班的学生叫到一边,宣布说如果他们学不会待在一起,以后便不再会有什么郊游。她把一切都搞砸了。到最后郊游结束时,全班为她羞愧不已,痛苦不堪。那天她有无数机会好好表现自己,而现在她的失败既让人可怜,又让人失望。这才最糟糕:她很可怜——他们甚至不想朝她望,不想看她暗淡粗笨的黑色大衣、她的帽子。他们只想马上把她塞进汽车,送回学校,不要再看见她。

秋天的几个大节日让学校进入了一个特别季节。首先是万圣节,为了这个节日,好几堂美术课都用来画南瓜灯和弓腰黑猫的彩笔画。感恩节影响更大:有一两周孩子们画火鸡,画丰饶之角,画身穿褐色衣服的清教徒们头戴系扣高帽、手持喇叭状枪筒的火枪;音乐课上,他们一遍又一遍地唱《我们在一起》和《美丽的美国》。感恩节才刚过去,圣诞节的漫长准备开始了:到处是红绿两色,为一年一度的圣诞节大游行排练圣诞节颂歌。学校礼堂内花环彩饰一天比一天多,圣诞节的装饰也越来越多。最后,放假前的最后一周到了。

"你们班上会有派对吗?"一天弗雷迪·泰勒问道。

"当然,很可能,"约翰·杰拉德说,虽然,实际上他没一点把握。除了好几周之前斯耐尔小姐模糊地提及过一次外,对圣诞派对她再没说什么,一点暗示也没有。

"斯耐尔小姐跟你们说过,你们会有一个派对,或什么的吗?"格蕾丝问。

"嗯,她没有真的告诉我们,"约翰·杰拉德含糊地说。

霍华德·怀特走在旁边,踢踏着鞋子,一声不吭。

“克莱丽夫人也没告诉我们,”格蕾丝说,“因为应该有个惊喜,可我们知道我们会有个派对。一些去年她曾教过的学生们说的。他们说她总是在最后这天开派对,会有棵圣诞树,其他东西也全都有,小礼物,吃的东西。你们会有这些吗?”

“噢,我不知道,”约翰·杰拉德说。“当然,可能吧。”但是,当双胞胎走后,他有点担忧。“嘿,霍华德,”他说,“你觉得她会不会开个派对什么的?”

“我可不知道,”霍华德说着还小心翼翼地耸了耸肩。“我什么也没说。”但他也为此不安,全班同学都这样。假期越来越近了,特别是圣诞节游行过后,上学的日子突然没有几天了,可是看起来,斯耐尔小姐会开派对的希望越来越渺茫,不管是何种派对都不可能了。这种想法啃啮着他们的心。

上学的最后那天下着雨。上午就那样过去了,跟平时没有不同。吃过午饭后,像任何一个下雨天一样,走廊上闹哄哄的,挤满了身穿雨衣、橡胶套鞋的孩子们,他们四处乱跑,等着下午上课。三年级教室周围的气氛特别紧张,因为克莱丽夫人把她的教室门给锁上了。这消息在学生中间一下子传开来,说她一个人在教室里为派对做准备,上课铃一响派对就会开始,并且会开整个下午。“我偷看了,”格蕾丝·泰勒上气不接下气地逢人就说。“她拿了一棵缀满蓝灯的小树,她重新布置了教室,所有桌子都挪开了,应有尽有……”

他们班上有些同学紧跟在格蕾丝后面问问题——“你看到了什么?”“全是蓝灯吗?”——还有些人在门口推搡着,挤作一团,想从钥匙孔里看一下。

斯耐尔小姐班上的学生不自在地挤靠在走廊墙边,大部分学生手插在衣服口袋里,沉默不语。他们的教室门也是关着的,但没人想看看是不是给锁上了,因为害怕门滑开会一眼看到斯耐尔小姐坐在桌边改试卷。相反,他们注意着克莱丽夫人班上的门,最后门打开时,他们看到那班学生涌进去。女生们齐声大叫:“噢!”他们一下全消失在里面了,即使从斯耐尔小姐班学生们站着的地方也看得到他们的教室换了样子。那里有棵缀满蓝灯的小树——实际上,整个教室都蓝莹莹的——地板也清空了。他们只能看到教室中间的一张桌子角,堆满一碟碟亮闪闪的糖果和蛋糕。克莱丽夫人站在门口欢迎大家,红扑扑的脸上喜气洋洋,美丽动人。她朝斯耐尔小姐班上伸长脖子的学生们和蔼、不安地笑笑,然后再次关上门。

紧接着斯耐尔小姐也把门打开了,首先,他们发现教室一点没变。桌子还在原地,准备上课;他们自己上课时画的圣诞画仍贴在墙上,脏兮兮的红色纸板剪成的“圣诞快乐”的字母卡片挂在黑板上方已经一星期了,除此之外再没别的装饰。但他们看到斯耐尔小姐桌上整齐地码着一堆红白包裹时,立即释然了。斯耐尔小姐面无表情地站在教室前面,等大家坐好。大家本能地都没有停下来盯着那堆礼物看,也不发表任何评论。斯耐尔小姐的态度清楚地表明:派对还没开始。

先是拼写,她命令大家准备好铅笔和纸。教室里一片安静,她一字一句地报听写,声音清晰,在这间歇中,克莱丽夫人教室里的吵闹声听得一清二楚——一阵阵笑声和惊喜的欢呼声。但那堆小礼物让一切还过得去;孩子们只要看看它们就知道,毕竟,没什么难为情的。斯耐尔小姐做了他们盼望的事。

礼物全包得一样,白色包装纸,红色缎带;有少数几个的形状,约翰·杰拉德目测,像是折叠刀。可能给男孩子的礼物是折叠刀,给女孩子的礼物是袖珍手电筒。不过,由于折叠刀太贵了,礼物很有可能只是折扣店里的某样东西,善意但全无用处,比如单个的铅兵送给男生们,迷你小娃娃给女生们。即便如此也够好了——坚硬而明亮的东西证明她毕竟还有点人情味,可以随意地从口袋里掏出来,给泰勒双胞胎看。("嗯,是的,确实没有派对,但她送给我们大家这些小礼物。看。")

"约翰·杰拉德,"斯耐尔小姐说,"如果你只盯着我桌上的……东西,我看还是把它们摆到看不见的地方去比较好。"全班同学都咯咯笑了,她也笑了。只是略微羞涩的一笑罢了,在她回到拼写簿前就迅速收住了。可这也足够消除紧张气氛。在收拼写试卷时,霍华德·怀特凑近约翰·杰拉德,小声说:“领带夹,打赌,男生是领带夹,女生是什么小首饰。”

“嘘——,”约翰对他说,但他自己也加上一句:“领带夹不会那么厚。”接着该是本堂课的下个内容了;人人都盼着斯耐尔小姐收好试卷后就开始派对。可是她叫大家安静下来,继续上交通课。

下午慢慢地过去。每次斯耐尔小姐看钟的时候,他们都盼着她说:“噢,我的天啊——我差点忘了。”可她没有。两点多,离放学不到一个小时了。斯耐尔小姐给敲门声打断了。“怎么了?”她生气地说。“有什么事?”

小格蕾丝·泰勒走进来,手里拿着半个杯形蛋糕,另一半在她嘴里。她发现这里还在上课,显得相当吃惊——后退了一步,空着的那只手放在嘴唇上。

“什么事?”斯耐尔小姐问道。“你想要什么?”

“克莱丽夫人想问问——”

“你一定要边吃东西边说话吗?”

格蕾丝咽下那口蛋糕,她一点也没有不好意思。“克莱丽夫人想问问你们有没有多余的纸碟?”

“我没有纸碟,”斯耐尔小姐说。“你能不能好心通知一下克莱丽夫人我们正在上课呢?”

“好的,”格蕾丝又咬了一口蛋糕,转身要走。她看到那堆礼物,停下来看看它们,明显不为所动。

“你耽误大家上课了,”斯耐尔小姐说。于是格蕾丝往外走，在门口时，她狡黠地瞟了一眼全班同学，满嘴含着蛋糕屑，小声地咯咯笑着，飞快溜了出去。

分针爬到了二点三十分，接着又爬过它，一点一点挪到二点四十五分。最后，离三点差五分时，斯耐尔小姐放下她的书。“好吧，”她说，“我想现在我们可以把书都收好。今天是放假前的最后一天，我为你们准备了一点——小惊喜。”她又笑了。“好，我想你们大家最好在座位上别动，我把礼物传过来。爱丽丝·约翰逊，你能过来帮帮我吗？其余的人待在座位上。”爱丽丝走上前来，斯耐尔小姐把礼物分成两堆，用两张画纸当盘子装着。爱丽丝端一盘，小心翼翼抱在怀里，斯耐尔小姐拿着另一盘。她俩开始绕着教室分发之前，斯耐尔小姐说：“好，我希望你们坐在位置上等着发礼物，然后我们一起打开包装纸，这样最有礼貌。好了，爱丽丝。”

她们开始沿着走道走，一边读着标签，一边发着礼物。标签是大家熟悉的伍尔沃斯店①里的那种，上面画着圣诞老人，印着“圣诞快乐”。斯耐尔小姐用她整洁的板书字体全填写好了。约翰·杰拉德的是这样写的：“斯耐尔小姐送给约翰·G。”他拿起它，就在他摸到包装的那一刹，无比震惊，他清楚地知道里面包的是什么了。等斯耐尔小姐回到讲台上说“好

① 弗兰克·温菲尔德·伍尔沃斯：1852—1919，美国商人，从 1879 年开始，他成功地建立了全国五分和十分钱连锁店。

了”的时候，已没什么惊喜了。

他撕开包装纸，把礼物放在课桌上。是一块橡皮，十美分一块、很耐用的那种，一半是白色，用来擦铅笔字；一半是灰色，用来擦钢笔字。他用眼角余光看到坐在他身旁的霍华德·怀特，打开的包装纸下是一模一样的一块橡皮，再偷偷摸摸看了一下全班，确信所有礼物都是一样的。没人知道该怎么做，因为看上去足足有一分钟整个教室里除了逐渐小下去的包装纸的窸窣声外，一点声音也没有。斯耐尔小姐站在教室前，十指紧扣，放在腰间，像是一条条干虫。她的脸融化在施予者才有的柔和而颤抖的笑容里。她看上去很无助。

终于有个女生说：“谢谢你，斯耐尔小姐。”于是，其余同学参差不齐地跟着说：“谢谢你，斯耐尔小姐。”

“各位同学，不用谢，”她让自己平静下来后说，“我祝你们节日愉快。”

老天有眼，此时下课铃响了，大家闹哄哄地拥向衣帽间，现在用不着再看着斯耐尔小姐了。她的声音从喧哗声中冒出来：“大家能不能在走之前把纸和带子扔进垃圾篓？”

约翰·杰拉德用力把橡胶雨靴拉起来，一把抓起雨衣，胳膊肘左推右挡地出了衣帽间，离开教室，走下闹哄哄的走道。“嘿，霍华德，等等！”他冲霍华德·怀特叫道，最后他们俩一起离开学校，他们跑啊跑，在操场上的污水坑里溅起点点水花。斯耐尔小姐被抛在身后，每跑一步，她就给抛得远一点；

如果他们跑得够快，他们甚至可以避开泰勒双胞胎，那就再也用不着想这个了。腿扑通在跳，雨衣热气腾腾，他们跑啊跑，逃避让他们亢奋不已。

勃朗宁自动步枪手

直到约翰·费隆的名字上了警察罪状登记簿，见了报，人们才想起有这么个人。他是一家大保险公司里的职员，成日皱眉尽职工作，在文件柜之间笨拙地挪动他庞大的身躯。白衬衫袖口挽上去后，你能看到他一只手腕上紧卡着块金表，另一只手腕上却松松地戴着根军人身份识别腕带，这是以前那个更为勇敢，也更为随意的年代遗留下来的。费隆二十九岁，魁伟结实，褐色头发梳得一丝不苟，脸色苍白，面容忧郁。除了迷惑时瞪大眼睛、威胁时眯缝起眼睛外，他的眼神都很和善；除了恶狠狠地说话时咬紧嘴唇外，他的嘴总孩子气地微张着。平时，他喜欢穿简洁的靓蓝色外套，肩膀平直，纽扣开得很下。他的鞋跟上镶了钢片，走在路上，沉重的步子发出清脆的声音。他住在皇后区的萨尼塞德，与一个名叫罗丝的姑娘结婚已十年。她瘦得皮包骨头，有窦性头痛，无法生孩子，靠着一分钟打八十七个字还不会少嚼一下口香糖的本事，挣的钱比他多。

从星期天到星期四,一周五个晚上,费隆两口子都坐在家里玩牌或看电视,有时候她会让他去买点三明治或土豆沙拉当宵夜,再上床睡觉。星期五,一周的最后一个工作日,晚上电视里通常有拳击比赛,这个晚上他会在离皇后大街不远的小岛酒吧跟伙伴们呆在一起。那里的人们成为朋友更多是出于习惯,而非彼此的选择。头半个小时里,他们不自然地四处站着,彼此说着粗话,嘲笑每一个新进来的人("噢,天啊,看看谁来了!")。可是到拳击赛结束时,他们通常开了很多玩笑,酒喝得兴高采烈,周五晚上通常在半夜两三点时的歌唱声与摇摇晃晃中结束。周六,费隆会睡一个上午的懒觉,下午帮着做点家务,其余时间就是陪妻子消遣了:他们会在附近的电影院里看场电影,看完后去冰淇淋店里小坐,一般十二点前他们就已上了床。周日懒洋洋地在起居室里翻一通乱七八糟的报纸,接着他的下一周又开始了。

那个特别的星期五,如果不是妻子坚持要打破他的常规,也许根本什么都不会发生:那天晚上是格利高里·派克电影上映的最后一晚,她说她看不出有什么理由他一生中偶尔一次不看职业拳击赛有什么不可以。星期五的早上她跟他这样说了,这是那天所有不对劲的事当中的第一件。

吃中饭时——发薪日的中午,他总是跟办公室里的三名同事一起,在市中心一家德国小酒馆里吃中饭——其他人都在谈论拳击赛,费隆很少插嘴说话。杰克·科佩克,对拳击一窍不通(他说上周的比赛是“一场棒极了的比赛”,而实际上,整场比赛中,十五个回合双方都只是扭住对手,懦夫般地防守,最后的判定得分也可笑得紧),他啰里啰嗦地对在座的人说他看过的最好的全回合较量还是在海军部队里。接着全桌的人开始谈起海军来,而费隆在座位上无聊地扭着身子。

“那时我啊,”科佩克说着用修剪得很好的大拇指戳着胸脯,结束第三个长故事,“我第一天上新船,除了穿着定制的海军蓝军装,站在那里接受检查外,什么事也没做。害怕吗?天啊,我抖得像片树叶。老兵们走来走去,看着我,说:‘你以为你在哪,水手?你以为这是化妆舞会吗?’”

“说到检查,”迈克·博伊尔说,睁大他那小丑般的圆眼。“我跟你们说,我们有个指挥官,他会戴上他的白手套,手指在舱壁上拂过,兄弟,如果手套上有点灰尘,你就死定了。”

接着他们开始伤感起来。“啊,那真是段美好生活,海军,”科佩克说。“干净的生活。当海军最好的地方在于,你是某个人,懂我的意思吗?每个人都有他自己独立的工作要做。我意思是,见鬼,在陆军里你们所有人做的只是晃来晃去,跟其他所有人一样,看着傻得要命。”

“大哥,”小乔治·沃什边说边往德国蒜肠上抹芥末,“你说得没错。我在陆军里呆了四年,相信我,你说得没错。”

此时约翰·费隆的忍耐实在到了尽头。“是吗?”他说。“那是什么陆军部队?”

“什么部队？”沃什说，眨巴着眼。“哦，我在军械部队呆了一段时间，在弗吉尼亚，后来我去了得克萨斯，还有佐治亚——你什么意思，什么部队？”

费隆的眼睛眯起来，撇着嘴。“你应该试试步兵部队的装备，老弟，”他说。

“哦，好吧，”沃什顺从地说，似笑非笑。

可是科佩克和博伊尔不服气，朝他咧嘴笑道。

“步兵？”博伊尔说。“他们有什么——步兵专家？”

“你们当然可以说他们是专家，”费隆说。“步枪连里每个狗娘养的都是专家，如果你想知道什么，我跟你说一件事，老弟——他们才不担心没有丝质手套，没有量身定做的服装，对此你可用性命打赌。”

“等一等，”科佩克说。“我想知道一件事，约翰。你的特长是什么？”

“我是个勃朗宁自动步枪手，”费隆说。

“那是什么？”

费隆第一次意识到这些年来办公室里的人员变化有多大。以前，回到四九年或五〇年，跟过去那帮人在一起时，如果有谁不知道勃朗宁自动步枪，肯定会赶紧闭嘴。

“勃朗宁自动步枪，”费隆把叉子放下，说，“就是 B. A. R。口径 3.0，弹匣可拆卸，全自动射击，是十二人的步枪班的主要火力。这答案你们满意吗？”

“你的意思是?”博伊尔问。“像冲锋枪一样?”

费隆只好再解释,仿佛在跟孩子们或姑娘们谈话,说它与冲锋枪截然两样,它的战术功用完全不同;最后他只好拿出自动铅笔,凭着记忆和热爱,在装薪水的信封背面画了枪的轮廓。

“那好,”科佩克说,“跟我说说,约翰。用这把枪射击你得知道什么? 你得接受特别训练,或什么的吗?”

费隆愤怒得眼睛眯成了一条缝,他把铅笔和信封塞回外套里。“找个时候试试吧,”他说。“试一下,背着勃朗宁自动步枪和弹药带,空肚子走二十里路,接着卧倒在沼泽地里,水漫过你的屁股,你被机枪、迫击炮压在地上抬不起头来,可是这时候班长冲你吼,‘把勃朗宁自动步枪给我架起来!’你得掩护整个排或整个连的人马撤退。找个时候试试吧,老弟——你就知道你得会什么了。”他喝了一大口啤酒,呛得直咳嗽,喷到满是斑点的大手上。

“放松点,放松点,”博伊尔笑着说。“别太拼命了,伙计。”

可费隆只擦擦嘴,怒冲冲地看着他们,喘着粗气。

“好吧,你是英雄,”科佩克轻蔑地说。“你是战士。那告诉我一件事,约翰。你自己在战斗中有没有开过这枪?”

“你以为呢?”费隆薄薄的嘴唇没动,吐出这句话。

“多少次?”

事实上，费隆是他们班十九个人中最强壮、最有能力的一名士兵，好多次被班上其他人封为“最佳勃朗宁自动步枪手”。战争结束前两个月，他扛着他的枪，用起了水泡的脚走过无数里的道路、田野和森林，在炮火和迫击炮的密集火力网下抱着它躺倒，把它戳进刚刚被俘的德军战俘的胸膛里；可是他只用它开过两次火，还是冲着模糊地带而非冲着人，而且两次都什么也没打到，第二次还被小训了一顿，说是浪费弹药。

“多少次关你他妈的屁事！”他说，其他人则低头看着自己的碟子，脸上的笑藏不住。他气冲冲地瞪着眼，挑衅地看着他们，看谁敢取笑他，可最糟的是，他们谁也没再说什么。他们沉默地吃东西、喝啤酒，过了一会儿，他们换了个话题。

费隆一下午都没有笑容，直到在家附近的超市里遇到妻子进行他们的周末采购时，他还闷闷不乐。她看起来很累，当她的头痛毛病要更厉害时，她总是这样子。他拖着沉重的脚步，推着购物车跟在她身后，扭过头盯着商场里别的年轻女人扭来扭去的屁股和丰满的胸部。

“哇！”她叫道，扔下乐兹饼干，痛苦地揉着脚后跟。“你推着那东西，不能看着点它往哪走吗？你最好还是让我来推。”

“你不该突然停下来，”他对她说。“我不知道你会突然站住。”

那之后,为了保证车子不再会撞着她,他只好全副注意力放在她窄窄的身子和火柴棍一样的细腿上。从侧面看,罗丝·费隆似乎总是朝前略倾着身子;走路时,她的屁股漂浮着,不雅地与身体分离,仿佛成了她身后的一个独立部分。几年前,医生解释过她的不育症,原因是她的子宫倾斜,并告诉她可以通过一个锻炼课程来纠正;她兴趣不大地做了一段时间的练习,不久就放弃了。费隆可能记不得她古怪的姿势究竟是她子宫倾斜的原因还是其结果,可他确信无疑,就像她的窦性头痛病一样,自打他们结婚这些年来,这毛病越来越严重了;他可以发誓,他们刚认识那会,她是站得直的。

"你想要脆米还是波斯塔吐司[①],约翰?"她问他。

"脆米。"

"哦,可是我们上周才吃过。难道你没吃腻?"

"那好,另外那种。"

"你嘟囔些什么?我听不清你说什么。"

"我说,波斯塔吐司!"

往家走时,他两手拎着满满的食品,比平时喘得厉害。"怎么回事?"当他停下来换手时,她问。

"我想我身体不行了,"他说。"我该出去打打手球。"

"噢,老实说,"她说。"你总这样说,可你一天到晚除了

① 两者都是早餐食品。

读读报纸,就无事可干了。”

她做晚饭前先洗了个澡,吃饭的时候,套了件巨大的家居服,用带子系着,像往常一样,一副洗完澡后的凌乱模样:湿湿的头发,滴着水;皮肤干干的,毛孔粗大;没有口红、没有笑容的上嘴唇上有一圈牛奶印子,像在笑。“你想去哪里?”当他把盘子推开,站起来时,她说。“看那儿——桌上还有一满杯牛奶。说实话,约翰,我是为了你才买牛奶的,结果我买了,你却走了,剩下一满杯牛奶在桌上。你回来,把它给喝了。”

他走回来,大口大口吞下牛奶,觉得直恶心。

吃完饭,她开始仔细准备晚上的外出活动;他早就洗完碗,擦干盘子了,她还站在熨衣板前,熨着她打算看电影时穿的裙子和上衣。他坐下来等。“如果你还不动身的话,就晚了,”他说。

“喔,别傻了。我们差不多还有一个小时。再说,你今晚怎么啦?”

她的细高跟便鞋在长及脚踝的家居袍下显得很古怪,尤其是当她弓着腰,张开八字脚,从墙上拔下熨斗插头时,更加怪异。

“你怎么放弃了那些锻炼?”他问她。

“什么锻炼?你在说什么?”

“你知道,”他说。“你知道的。为你儿宫倾斜做的锻炼。”

“子宫，”她说。“你总是说‘几宫’。是子宫。”

“那该死的有什么区别？你为什么放弃？”

“哦，说实话，约翰，”她说，折叠起熨衣板。“看在老天分上，为什么现在提这个？”

“那你想干什么？一辈子带着个倾斜的子宫到处走吗？还是有什么别的？”

“那好，”她说，“我当然不想怀孕，如果你想说的就是这个的话。我能问问如果我辞掉工作，我们住哪儿？”

他站起来，在起居室里怒冲冲地走来走去，火冒三丈地瞪着台灯的阴影、花卉水彩画，还有一个小瓷人，是个卧睡着的墨西哥人，身后是开了花的干仙人掌。他走进卧室里，她干净的内衣摊在床上，准备晚上穿的，他拿起带乳胶海绵罩杯的白色胸罩，没有它，她的胸跟男孩子的一般平。她进来了，他转过身对着她，胸罩直扬到她惊恐的脸上，说：“你为什么戴这鬼东西？”

她从他手中一把夺过胸罩，背靠着门框，上下打量他。“好吧，听着，”她说。“我受够了。你想不想体面一点？你还想不想去看电影？”

突然，她看起来是那么可怜，可怜得他不忍看下去。他抓起大衣，一阵风似的经过她身边。“你想干吗干吗吧，”他说。“我出去了，”他摔上公寓的门。

直到他晃荡到皇后大街时，他的肌肉才松弛，呼吸才平静。他没有在小岛酒吧停留——不管怎样,现在看拳击赛还太早了点,再说他心情太差,也不想看。于是,他踢踢踏踏走下地铁楼梯,一扫而过冲入旋转式匣机口,直奔曼哈顿而去。

他隐约有点想去时代广场,可是因为口渴他在第三大道站就出了地铁;上到街道上,他在看见的第一家酒吧里喝了两杯啤酒,那间酒吧很凄凉,压花锡墙,一股尿骚味。在酒吧里,他的右手边,一个老女人手里的香烟舞得像根警棍,唱着《佩格,我的心肝》,左手边,一中年男人正对另一个人说话,"呃,我的看法是:也许你可以对麦卡锡的做法提出不同意见,可是,狗娘养的,你却不能就原则问题质疑他。我说的对不对?"

费隆离开那地方,去了列克星敦附近的另一间酒吧,酒吧以铬鞣革装修,在柔和的灯光下,每个人都是蓝绿蓝绿的。他站在两个年轻士兵旁边,从他们的袖章上看得到部队番号,船形帽折着掖在他们的肩襻下,还看得清所属的步兵团。没有佩戴勋章——他们还是孩子——可费隆看得出他们不是新兵:首先,他们知道如何穿艾森豪威尔夹克,短而紧身,他们的战斗靴又软又黑,擦得铮亮。他们俩突然扭头,眼神穿过他望过去,费隆,也跟着转过来,跟他们一起看着一个身穿紧身茶色短裙的姑娘离开阴影角落里的那一桌人。她贴着他们而过,嘴里嘟囔着"借过",三个脑袋都被吸引到她的臀部,看着它扭来扭去,扭来扭去,直到她消失在女洗手间里。

“嘿，幅度很大，”当中矮一点的士兵说，冲他们咧嘴一笑，笑容里包括了费隆，费隆也还他个咧嘴一笑。

“应该颁布法律禁止那样扭来扭去，”高一点的士兵说。“扰乱军心。”

听口音他们来自西部，他们都是那种金发、眯缝眼，乡村男孩的脸孔，费隆还记得他以前所在的班里就有。“你们是什么部队的？”他问。“我应该认识那个番号。”

他们告诉他，他说：“哦，是的，当然——我记起来了。它们是第七军的，对吗？四四年或四五年的时候？”

“说不准，长官，”矮个士兵说。“那在我们之前很久了。”

“你从哪里搞了个什么‘长官’来？”费隆热情地问道。“我不是什么军官。我最多也就是个一等兵，除了他们让我干过几周代理下士，那还是在德国的时候。我是个布朗宁自动步枪手。”

矮个士兵上下打量了他一番。“不用说我也知道，”他说。“你这体型就是个勃朗宁自动步枪手。那种老式勃朗宁自动步枪可真他妈的重。”

“你说对了，”费隆说。“是很重，可是，我想告诉你，在战斗中，它可真他妈的好使。我说，你们俩喝点什么吗？顺道说声，我叫约翰尼·费隆。”

他们跟他握手，嘟囔着自己的名字，当那个穿着茶色短裙的姑娘从女洗手间里出来时，他们又全都转过头去看。直看到她坐回自己的位子,这次,他们关注的是她胀鼓鼓的上衣里的颤动。

"嘿,"矮个士兵说,"我说,好一对波。"

"可能是假的,"高个士兵说。

"它们是真的,孩子,"费隆向他保证,挤挤眼,一副老于世故的样子,转回身对着他的啤酒。"它们是真的。要是假的,一里地外我就能看出来。"

他们又喝了几巡酒,谈了一会儿军队,接着高个士兵问费隆中央广场怎么走,他听说那里有周五爵士夜;于是他们仨坐上出租车,一路朝第二大街驶去,车费是费隆付的。当他们站在中央广场等电梯时,他费力地把结婚戒指取下来,塞进表袋里。

宽敞、高大的舞厅里挤满了年轻男女;几百个年轻人围桌而坐,桌上堆着一扎扎的啤酒,听着,笑着;还有近百个年轻人在成排椅子圈起来的空场地里疯狂舞动。远处,乐池里,一伙黑、白乐人流着汗卖力地演奏,他们的各式管号在烟雾灯光下闪烁。

费隆懒洋洋地站在门口,在他听来,所有的爵士乐都一样,可他却摆出一副鉴赏家模样,在刺耳的单簧管乐声里,绷得紧紧的脸上放着光,手指随意地跟着鼓点节拍打着响指,膝盖微微地点着节奏,靓蓝色的裤子也跟着在抖。他领着士兵们朝坐有三个姑娘的那桌的隔壁桌走去,此时并不是音乐迷住了他,音乐也没让他振奋,当乐队换了某首柔和的曲子时,他立即请三个女孩中最漂亮的那个跳舞。她身材高挑纤细,是个黑发意大利姑娘,额头上略微发了点汗。她走在他前面,在桌子之间穿梭,朝舞池走去,而他陶醉在她慢慢扭摆的胯和裙裾飘扬的优雅之中。在他欣喜若狂、啤酒喝昏了的脑子里,已经在想象着把她带回家后的样子了——在出租车的私密暗影里,他的手抚摸她会是什么感觉,再后来,这晚最后,在某间昏暗的卧室里,她赤裸的身子起伏的样子。他们一踏上舞池地板,她刚转身,抬起手臂,他立即把她紧紧地贴在自己温暖的身子上。

"哦,听着,"她说,生气地往后弓着身子,这样明显看出他的双手紧紧搂着她湿粘的脖子。"这就是你说的跳舞吗?"

他松开了些,哆嗦着,冲她咧嘴笑笑。"放松点,亲爱的,"他说。"我不会咬你的。"

"也别叫我什么'亲爱的',"她说,直到舞跳完,她就说了这几句。

可她还是不得不和他待在一起,因为那两名士兵已经移过来,跟她那两位活泼的、咯咯直笑的女伴挤在一起。他们现在在同一张桌子上,半个多小时,六个人坐在那里,沉浸在不安的派对气氛中:矮个士兵跟其中一个姑娘(这两个姑娘都是小巧的金发女孩)咬着耳朵在说什么,那姑娘则一直高声大笑;高个士兵的长胳膊搂着另一个姑娘的脖子。可是费隆的高挑黑发女孩,不情愿地告诉他她叫玛丽,然后就一声不吭,僵硬、拘谨地坐在他身边,有一下没一下地扣上放在膝盖上的手袋,再打开,再扣上。费隆的手指紧紧地抓着她的椅子背,关节发白,可是无论何时,只要他试探性地把手指放到她的肩膀上,她就会立即耸耸肩,躲开。

“你住在这附近吗,玛丽?”他问她。

“布朗克斯,”她说。

“你经常来这儿吗?”

“偶尔。”

“想抽根烟吗?”

“我不抽烟。”

费隆的脸在发烧,看得见右太阳穴上一根细血管在抽动,汗珠从他肋骨上滚落。他像个第一次约会的男孩,她温暖的衣服离他这么近,她的香水味,她纤细的手指在手袋上开开关关的样子,她丰满的下唇湿润地泛着光,这一切让他笨口拙舌,说不出一句话来。

隔壁桌一个年轻的水手站起来,双手合拢放在嘴边,成喇叭状,冲着乐池那边吼着,叫声被房间里其他地方的人接过去。听上去像是:“我们要圣徒!”可费隆不明白这是什么意思。但至少这让他有了个开口的机会。“他们在喊什么?”他问她。

“《圣徒》，”她告诉他，对上他眼神的时间刚够传达这个信息。“他们要听《圣徒》。”

“噢。”

那之后，他们有好长时间没再说什么，直到玛丽朝最近的女伴做了个不耐烦的表情。“嘿，我们走吧，”她说。“走吧。我想回家。”

“啊，玛丽，”另一个姑娘说，啤酒和调情让她的脸飞红（她现在戴着矮个士兵的船形帽）。“别那么傻。”不过，看到费隆那痛苦的脸后，她竭力帮他解围。“你也在军队里吗？”她快活地问，隔着桌子靠过来。

“我？”费隆说，吓了一跳。“不，我——可我过去在。我离开军队好长时间了。”

“哦，是吗？”

“他以前是个勃朗宁自动步枪手，”矮个士兵告诉她。

“哦，是吗？”

“我们要《圣徒》！”“我们要《圣徒》！”现在，整个舞厅里，四面八方，各个角落里人们都在叫着，声音越来越大，越来越急迫。

“嘿，走吧，”玛丽又对她的女伴说。“我们走吧，我累了。”

“那走吧，”戴着士兵帽子的那个姑娘不高兴地说。“如果你想走，你就走吧，玛丽。难道你自己一个人不能回家吗？”

“别，等等，听着——”费隆一下弹起来。“先别走呀，玛丽——我跟你说。我再去买些啤酒回来，好吗？”她还没来得及拒绝，他已经跑了。

“不要给我买了，”她冲着他后背叫道，可是他已经在三张桌子之外了，快步朝这屋子的厢房走去，酒吧就在那边。“婊子，”他低声说着。“婊子。婊子。”他站在临时代用酒吧处排队时，那些折磨他的想象，因为愤怒更强烈了：出租车内会有一番肢体的挣扎，撕烂的衣服；在卧室里会使用蛮力，窒息的呻吟会变成呜咽，最后变成淫荡的痉挛与低吟。噢，他会让她放松！他会让她放松！

“快点，快点，”他对吧台后那个笨手笨脚地对付着扎啤、啤酒木塞、湿钞票的家伙叫道。

“我们——要——《圣徒》！”“我们——要——《圣徒》！”舞厅里的喊声达到了顶峰。然后，鼓点砸出无情、粗暴的节奏，变得几乎无法忍受，直到它结束在一阵铙钹声中，又换成了铜管乐队粗糙的声音，人群简直疯狂了。费隆用了一小会儿才意识到，现在乐队演奏的是《圣徒在行进》，这时他终于端着扎啤，从酒吧转身往回走了。

这个地方现在成了一所疯人院。姑娘们高声尖叫，小伙子们站在椅子上狂吼，胳膊乱舞；玻璃杯砸碎了，椅子在旋转，四名警察警惕地靠墙站着，以防暴乱，这时乐队安全奏出这首曲子。

当圣徒

在行进

噢，当圣徒在行进……

费隆推推搡搡、慌慌张张地穿过喧嚣的人群，试图找到他们那一伙人。他找到了他们那张桌子，可无法确定是不是他们的——因为空无一人了，只有揉成一团的香烟盒和一摊啤酒印渍，还有一把翻倒在地的椅子。他以为他在疯狂舞动的人群中看到了玛丽，可后来发现是另一个穿着同样裙子的高个黑发姑娘。接着他以为他看到了矮个士兵，在房间那头冲他猛打手势，他费力挤过去，却是另一个有着乡村男孩脸孔的士兵。费隆转来转去，满身大汗，在让人昏头昏脑的人群中找来找去。有个穿着汗湿的粉红衬衫的男孩，一个趔趄，重重地撞到他胳膊肘上，冰凉的啤酒泼洒到他手上，袖子上，他才意识到，他们走了。他们把他给甩了。

他出来到街上，飞快地走着，钢片鞋跟重重地踩在地上，在吼叫与爵士乐的骚乱后，夜间的汽车声听来惊人地静谧。他盲无目的地走着，也没了时间感，除了鞋跟重重地踏在地上，除了肌肉的拉扯，除了颤抖着吸进空气，又猛地吐出来，除了沸腾的血液外，他再也没别的感觉。

他不知道是过了十分钟还是一个小时，是走了二十个街区还是五个，这之后，他只好慢了下来，在一小撮人群边上停下来。这群人挤在一个有灯光的门口，警察正朝他们挥着手。

"往前走，"一个警察说着。"请往前走。不要停下。"

可是费隆，和其他大部分人一样，站在那儿不动了。这是个讲演厅的入口处——他知道是因为里面灯光虽昏黄，可刚好看得清公告栏上的字；这段大理石楼梯一定通往礼堂。可最吸引他注意的还是警戒线那儿：三个跟他年纪相仿的男人站在那里，他们的眼里闪烁着正义的光芒，头戴某个老兵组织的那种金色蓝边的船形帽，手里举着标语牌，上面写着：

彻查这个第五修正案的共党分子

米切尔教授滚回俄国去

美国斗士们抗议米切尔

"往前走，"警察在说。"接着走。"

"公民权利，我的天，"费隆胳膊肘处有个平淡的声音嘀咕着。"他们应该把这个米切尔关起来。你读过他在参议院听证会上说的东西吗？"费隆点点头，想起许多报纸上都有那张虚弱、自命不凡的脸。

"看那边——"那个嘀咕的声音继续说。"他们来了。他们出来了。"

他们就在那边，正从大理石台阶上走下来，经过公告牌，来到人行道上：男人们身着雨衣、油腻腻的粗花呢外套，举止狂妄，穿着紧身裤的姑娘们看着像从格林威治村来的，中间有几个黑人，还有几个整洁的、有点难为情的男大学生。

示威者们往后靠，静静地站着，人们一只手高举着手里的标语牌，另一只手握成拳放在嘴边："呸——！呸——！"

人群跟着："呸——！""呸——！"有人叫道，"滚回俄罗斯去！"

"往前走，"警察在说。"往前走。接着走。"

"他来了，"那个嘀咕的声音说。"瞧，他来了——那就是米切尔。"

费隆看到他了：高个子，极瘦的男人，穿着廉价的双排扣西装，衣服对他而言，大了点，手里拎着公文包，两个戴眼镜、长相一般的女人走在他两侧。这就是报纸上那张自命不凡的脸了，他慢慢地从一边望到另一边，脸上是宁静、超然的笑容，仿佛在向遇到的每个人说：哦，你这个可怜的傻瓜。你这个可怜的傻瓜。

"杀了这个杂种！"

有几个人飞快地扭头看着他，费隆这才意识到是他在叫；接下来他只知道要继续吼下去，一遍又一遍，直到他的嗓子哑了，像个孩子在哭："杀了那个杂种！杀了他！杀了他！"

他经过四大步的推挤、冲撞，来到了人群最前面；可是有个示威者扔掉标语牌,跑到他跟前,对他说:“放松点,老兄!放松点——”可是费隆把他推到一旁,又与另一个扭打起来,他再次挣脱掉,双手抓住米切尔大衣前襟,像拆毁一个歪七扭八的木偶一样撕扯着他。他看见人行道上米切尔的脸往后缩,湿嘴唇上满是恐怖。当警察蓝色手臂高高地举到他头顶时,最后他只记得:绝对的满足与彻底的解脱。

绝佳爵士钢琴

电话接通时,两头都正是午夜喧闹时分,哈里的纽约吧里乱哄哄的。最初酒吧酒保只能听明白这是从戛纳打来的长途电话,显然也是从这种酒吧打来的,接线员发狂的声音听上去好像有什么紧急事。等后来捂住另一只耳朵,冲电话喊了几个问题后,他才知道这不过是肯·普拉特,打电话来找他的朋友卡森·怀勒闲聊。他恼火地摇摇头,把电话放在吧台上卡森的那杯绿茴香酒旁边。

“给,”他说。“看在老天分上,找你的。是你的哥们。”像许多别的巴黎酒保一样,他很了解他们:卡森是长相英俊的那个,身材颀长,面相聪颖,操英国口音;肯是胖胖的那个,总是笑呵呵地尾随其后。三年前他俩从耶鲁大学毕业后,来到欧洲尽其所能找乐子。

“卡森?”肯急切的声音在说,声音在听筒里痛苦地震颤。“我是肯——我知道能在这里找到你。听着,你究竟什么时候过来?”

电话这头，卡森整齐的眉毛蹙了起来。“你知道我什么时候过去，”他说。“我拍电报给你了，我星期六就过去。你怎么回事？”

“见鬼，我没怎么——可能喝多了点。没什么，可是听着，我打电话是因为，这里有个叫席德的，弹得一手漂亮的爵士钢琴，我想让你听听他的演奏。他是我的朋友。听着，等一下，我把电话靠近点，你就听得到了。现在，听这个。等一下。”

电话里传来模糊的嚓嚓声，肯的笑声，还有另外一个人的笑声，接着钢琴声传过来。在电话里听来，声音很小，可卡森听得出弹得很好。弹的是《甜蜜的洛琳》，浓郁的传统风格，里面没有一丝商业气息，这令卡森很吃惊，因为平时在音乐方面肯完全是门外汉。过了一分钟，他把电话递给了跟他一起喝酒的陌生人，从费城来的一个农机推销员。“听听这个，”他说。“一流的。”

农机推销员拿起电话举到耳边，一脸迷惑。“是什么？”

“《甜蜜的洛琳》。”

“不，我是说怎么回事？哪里来的电话？”

“戛纳。有个叫肯的去那儿了。你见过肯，是吗？”

“没，我没见过，”推销员说，冲电话皱着眉头。“哦，音乐没了，有人在说话。你最好来接。”

“喂？喂？”肯的声音在说。“卡森？”

“是我，肯。我在听。”

“你去哪啦？那家伙是谁？”

“这位先生是从费城来的，叫——”他抬起头询问地看着他。

“鲍丁格，”推销员说，理了理他的衣服。

“鲍丁格先生。他在酒吧里，和我在一起。”

“哦。好，听着，你喜欢席德弹的吗？”

“不错，肯。告诉他是我说的，他弹得一级棒。”

“你想跟他说话吗？他就在这里，等等。”

电话里有些模糊的声音，接着一个低沉的中年人声音在说：“你好。”

“你好，席德。我叫卡森·怀勒，我很喜欢你的演奏。”

“哦，”那个声音说。“谢谢你，十分感谢。承蒙看得起。”听声音这人可能是有色人种，也可能是白人。可是卡森猜他不是白人，主要是肯在说“他是我的朋友”时，语气中有点局促又有点自豪。

“席德，我这个周末就会来戛纳，”卡森说，“我盼着——”

可是显然席德把电话递还给肯了，因为肯的声音插进来。“卡森？”

“什么？”

“听着，你星期六什么时候来？我是说坐哪班火车什么的？”当初他们计划一起去戛纳，可是卡森在巴黎与一个女孩搅到了一起，肯只好一个人走去，条件是卡森一周后就会来会合。现在差不多过了一个月了。

“我不知道准确的火车班次，”卡森说，有点不耐烦。“这没什么重要的，对吗？我会在星期六的某个时候去旅店找你。”

“好吧。哦，等等，听着，我打电话还有件事，我想推荐席德加入 IBF①，行吗？”

“行啊。好主意。再让他接电话。”他等着的时候，掏出自来水笔，让酒吧招待给他拿一本 IBF 会员手册来。

“嗨，又是我，”席德的声音。“我要加入的是什么？”

“IBF，”卡森说。“就是国际酒吧人士协会，从哈里酒吧这儿起头的——我不知道。很久以前的事了。有点像俱乐部。”

“不错，”席德说，低声笑了。

“喏，是这样的，”卡森开始讲，即使酒吧招待觉得 IBF 又无聊又讨厌，可卡森严肃、仔细的讲解，还是令他开心地笑了——每个成员如何收到襟章和一本印好的小手册，襟章上绘着一只苍蝇的徽记，手册内容是俱乐部规章和世界各地加入 IBF 的酒吧名单；最重要的规章是当两名会员相遇时，他们要互相问候，用右手轻拂对方肩膀，说：“嗡嗡嗡，嗡嗡嗡！”

这是卡森的专长之一，他有本事在细微小事上发现乐趣并传达给他人，从不觉得有什么不好意思。许多人在向一个

---

① IBF：International Bar Flies，国际酒吧人士协会。

爵士音乐家介绍 IBF 时,定会中途停下来,抱歉地笑着解释:当然,这是种适合孤独游客的可怜小把戏,正因为还不太完善,才让它有点意思;而卡森却直截了当地介绍它。从前,他用差不多的方式,曾让耶鲁大学的一帮书呆子学生认为星期天上午认真读那份可笑的《纽约镜报》是件时尚的事情。最近,同样的才华让他很快得到一些初识者的钟爱,尤其是他现在的女友,年轻的瑞典艺术学生,为了她,他在巴黎盘桓下来。“你对什么都有不错的品位,”他俩在一起的第一个难忘之夜,她对他说。“你有个真正有学识、有创意的脑子。”

“明白了吗?”他对着电话说,停下来啜了口绿茴香酒。“对。现在如果你愿意告诉我你的全名和住址,席德,我会在这边把一切办妥的。”席德把名字拼写出来,卡森仔细工整地写在会员手册上,加上他和肯的名字作为共同推荐人,鲍丁格先生在一边看着。他们说完后,肯的声音又回来了,不情愿地道再见,他们挂上电话。

“这通电话一定不便宜,”鲍丁格先生说,对此印象深刻。

“你说得对,”卡森说。“我猜是很贵。”

“这本会员手册究竟是怎么回事?整个酒吧人士是怎么回事?”

“噢,难道你还不是会员,鲍丁格先生?我以为你早就是了。来,我做推荐人,只要你愿意。”

鲍丁格先生后来自己描述说,他真是乐在其中:凌晨时分，他还侧着身子慢慢挪着，一个接一个，跟酒吧里所有的人，嗡嗡嗡地拂着肩膀。

卡森星期六没有去戛纳，因为结束与瑞典姑娘的恋情比他预计花的时间要长。他本以为会有含泪告别的场面，至少彼此会温柔地微笑，信誓旦旦。可是，相反她对他的离去惊人地无所谓——甚至有点心不在焉，仿佛已经全神贯注于她的下一个真正有学识、有创意的脑子了——这令他心神不安，又延迟了几天，结果却只让她不耐烦，令他有种被逐之感。经过与肯再次电话交谈，直到接下来的这个周二下午他才来到戛纳。当卡森站到站台上，放松着自己，宿醉让他浑身僵硬酸臭，他真的不明白为什么自己会来这儿。火一般的太阳炙烤着他，粗糙的头皮快给烤焦了，皱巴巴的西装里马上渗出一层汗；泊在那里的汽车、小轮摩托车的铝板折射出刺眼的强光，让人恶心的蓝色尾气靠着粉红色建筑往上升腾；耀眼的太阳曝晒着成群的游客，他们推搡着他，向他展示他们的毛孔，展示他们身上刚从商场买的紧绷绷的运动装，展示他们手里拎着的手提箱、晃来晃去的相机，展示着他们笑着的、高声喊叫的嘴巴，展示着他们的急不可待。戛纳与世界上其他旅游胜地没有分别，一样的仓促与失望，为什么他不待在属于他的地方，在轩敞凉爽的房间里，和长腿姑娘在一起？为什么他竟该死的让自己被人哄骗到这种地方来了？

可是接着他看到肯快乐的脸在人群中起伏——“卡森！”——他跑过来了，过度肥胖的男孩都是那般跑法，两腿内侧摩擦着，笨拙地迎接。“出租车在那边，拿上你的箱子——伙计，你看上去糟透了！先去洗个澡，喝上一杯，怎么样？你他妈的还好吧？”

他们轻轻坐在出租车坐垫上，一路摇摇晃晃往十字大街驶去。十字大街上绚丽夺目的蓝色、金色强光，令人热血沸腾的海风迎面扑来，卡森开始放松了。看看那些姑娘们！一大片一大片的；还有，跟老肯重聚在一起感觉也不错。现在，很容易看清巴黎的那些事情，如果他还待在那里不走，只会更糟。他离开得正是时候。

肯一直在说个不停。卡森冲凉时，他在浴室里跑进跑出，兜里的硬币丁当作响，他笑着说啊说，整个嗓子眼里都往外冒着快乐，好像几周没听过自己的说话声似的。事实是自从与卡森分开后他就没真正快乐过。他们彼此是对方最好的朋友，可这友谊却不怎么平等，他俩都知道。在耶鲁时，如果不是因为肯是卡森乏味却形影相随的跟班，可能什么事都没他的份，这情形在欧洲也没变。肯身上有什么东西把人们都赶跑了呢？这个问题卡森想了几年。只因他太胖，动作笨拙？或是他极力讨人欢喜反而显得痴傻，招人嫌？但难道这些不正是讨人喜欢的基本品质吗？不，卡森猜，他能找到的最接近真相的解释是：当肯笑时，上嘴唇向后滑，露出一小块湿湿的内唇，贴着牙龈颤抖着。许多有这种嘴形的人可能没觉得这是什么大缺陷——卡森也愿意承认——可对于肯·普拉特，无论人们能给出什么更充分的回避他的理由，这似乎是人们记得最清楚的一件事；不管怎样，卡森自己就总意识到这点，尤其是在愤怒的时候。比如，现在，最简单的事情，他想擦干水，梳梳头，换上干净的衣服，而这个门板一样、到处移动、有着双唇的笑容到处挡他的路。它无处不在，他伸手去毛巾架取毛巾时挡着他、在乱七八糟的行李箱上方晃荡、在镜子前游走、遮住他打领带，最后卡森只得收紧下巴，尽量不吼出来，"行了，肯——闭嘴！"

可是几分钟后，他们在阴凉静谧的旅馆酒吧里平静下来。酒吧招待正剥着一只柠檬，他巧妙地捏着，拇指和刀刃把一条明亮的果肉给扯出来。好闻的柠檬酸味，与杜松子酒味混在一起，在碎冰的薄雾下，给他们的放松复原别添了一番风味。两杯冰马蒂尼浇熄了卡森最后的怒火。待他们走出那地方，在人行道上晃荡着去吃饭时，他感受到浓厚的友谊，还有他熟悉的肯对他的钦佩之情，眼见着高涨起来。也有一丝伤感，因为肯不久就得回美国了。他在丹佛的父亲，每周都用商业信纸给他写来挖苦的信，正筹划着把他纳入初级合伙人之列，而肯，早就念完了索邦神学院①的课程，这是他来法国的借口，

① 索邦神学院，巴黎大学的前身，现在泛指巴黎大学。

现在再没什么理由待下去了。卡森,在这点上,也像在其他任何方面一样,比肯幸运,他不需要借口:他有足够的私人收入,却没有家庭拖累;只要他愿意,长期在欧洲游历、找乐子,他也花销得起。

“你还像张纸一样白,”他隔着餐桌对肯说。“难道你没有去海滩吗?”

“当然去了,”肯赶快看着他的碟子。“我去过海滩几次。最近天气不太好罢了。”

可是卡森猜到真正原因,肯羞于展露他的身体。于是他换了话题,“噢,顺道说一声,”他说。“我把 IBF 的东西带来了,给你那位弹钢琴的朋友的。”

“噢,好极了。”肯真正如释重负地抬起头来。“等我们吃完饭,我就带你去那儿,怎么样?”好像为了加快这一情景的到来,他叉起块滴着沙拉酱的沙拉放进嘴里,又撕下一大块面包,一起嚼着,用剩下的面包把盘子里的油、醋抹干净。“你会喜欢他的,卡森,”他边嚼边清醒地说。“他是个了不起的家伙。我真的很敬佩他。”他用力吞下嘴里的东西,赶快说:“我的意思是,该死的,有那样的才华,他明天就可以回美国去赚大钱,但他喜欢这里。首先,当然,他在这里有个姑娘,是位真正可爱的法国姑娘,我猜他不可能带她一起回美国——不,可真的,不止于此。这里的人们接受他,把他看作一位艺术家,我是说,也把他看作一个人。没人觉得高他一等,没人会去干涉他的音乐，而这就是他想要的生活。噢，我是说他不会跟你说这些——如果他这样，很可能就是个讨厌鬼了——这只是他给你的感觉。从他的话里，你感受得到他的思想态度。”他把浸着调料的面包扔进嘴里，颇有权威地嚼着。“我是说这家伙真的很高尚，”他说。“一个出色的人。”

“听上去他弹得真是他妈的一手好钢琴，”卡森说，伸手去拿酒瓶，“就我听的那一点点来说。”

“等你真的听到，等他真的弹时。”

他们俩都很享受这个事实——这次是肯的发现。以前事事总是卡森打头，他找到姑娘们；他学会当地方言；他知道如何最好的打发每个小时。是卡森追查到巴黎所有好玩的地方，在那些地方你根本看不到美国人；在肯学着寻找自己的好玩去处时，是卡森自相矛盾地将哈里酒吧变成所有去处中最好玩的地方。所有这一切，肯乐于追随，晃着感激的头表示惊奇，可是在异乡城市的后街里，独自发现一位未堕落的爵士天才，这可不是一桩小事。这说明：毕竟肯的依赖性没那么强，而这也为他俩添光增彩不少。

席德演奏的地方更像个高档酒吧，而不像普通的夜店，就在离海边几条街后面一间铺着地毯的地下室里。时间还早，他们发现他正独自坐在吧台前喝酒。

“啊，”当他看到肯时说。“你好。”他是个身体结实、衣着考究、肤色黝黑的黑人，有着让人愉快的笑容和一口洁白坚固的牙齿。

“席德,我想让你认识一下卡森·怀勒。你上次在电话里跟他说过话,记得吗?”

“啊,是的,”席德说,握着手。“啊,是的。很高兴认识你,卡森。先生们想喝点什么?”

他们举行了一个小型仪式,将IBF的徽章别在席德棕黄色华达呢衣领上,嗡嗡嗡拂着他的肩膀,又轮流把他们自己穿着同样绉纱外套的肩膀伸出来,让他嗡嗡嗡拂一下。“好,这就好了,”席德说,轻声笑着,翻着会员手册。“好极了。”然后他把手册放进他的口袋,喝完酒,滑下吧台高脚凳。“现在请你们原谅,我得去工作了。”

“现在听众还不多,”肯说。

席德耸耸肩。“这种地方,我倒宁愿这样。一大群人的时候,总会有某个古板的家伙要求你弹《得克萨斯心之深处》,或别的什么该死的东西。”

肯笑了,冲卡森眨了眨眼,他们都转身看着席德在钢琴前坐下,钢琴摆在房间那头的一个低台上,聚光灯打在上面。他的手指随意抚着琴键,弹出一些简短的乐句和弦,一个技艺精湛的人在抚弄他的工具。随后他全心开始了演奏,引人入胜的节奏出现了,旋律攀升而上,起伏摇曳,这是改编过的《宝贝,你怎么还不回家?》。

他们在这间酒吧里待了几个小时,听席德演奏,只要他休息，就请他喝酒，显然引起其他顾客的嫉妒。席德的女友进来了，身材高挑，栗色头发，快乐的脸上很容易有吃惊的神情，还算漂亮吧。肯介绍她时，掩饰不住那点小小的得意："这是杰奎琳。"她低声说了点什么英语说得不太好之类，又到了席德休息的时候——现在酒吧里挤满了人，他弹完后掌声很是热烈——他们四人共坐一张桌子。

肯让卡森主宰了整场谈话；他宁愿只是坐在那里，像养尊处优的年轻牧师一般安详，笑对一桌朋友，心满意足。这是他在欧洲最快乐的一个夜晚，有多快乐卡森根本想不到。这几个小时填补了他过去几个月来的空虚，从那天卡森对他说"那么，走啊，难道你不能一个人去戛纳吗?"开始。它弥补了他在炎热的日子里，在十字大街上数小时的行走，直走到脚上磨出水泡，像个傻子似的看着沙滩上那些几乎全裸的姑娘们；它弥补了他去尼斯，去蒙特卡洛，去圣保罗-德-芳斯[①]拥挤无聊的汽车旅行；它弥补了那天他在一个阴险的药剂师那儿花三倍多的价钱买下了他找到的唯一一副太阳镜，路过一间商店时，他看到玻璃橱窗里自己的样子，像条大盲鱼；它弥补了他在里维埃拉时的那种感觉，虽年轻、富有且自由，却只觉得白天、夜晚都很可怕——里维埃拉！——那种无所事事的感觉！第一周，他曾跟个妓女打过交道，她有着精明的微笑，她坚持要高

① 法国南部旅游景点，离戛纳都很近。

价，看到他身体时她脸上一闪而过的恶心表情吓得他痛苦到无法勃起；其他大多数夜晚，他从一间酒吧辗转到另一间，喝得醉醺醺，直喝到呕吐，他害怕妓女，害怕被别的姑娘拒绝，甚至害怕跟别的男人交谈，以免他们把他当成男同志。他整个下午泡在类似折扣店的法国廉价商店里，假装想买挂锁、剃须膏和便宜的锡制玩具，穿行在不新鲜的空气里，连嗓子眼里都往外冒着回家的渴望。一连五个晚上，他去看美国电影，寻求黑暗的庇护，就像多年前他在丹佛，为了摆脱叫他猪油佬普拉特的那帮男孩时做的一样。当这些娱乐活动全结束后，他回到旅店，巧克力冰淇淋的味道还堵在嗓子眼里，他独自哭着睡去。可是这一切现在消失在席德无比美妙优雅的钢琴声里，消失在卡森睿智的笑容的魔力里，消失在每当音乐停下时卡森抬手鼓掌的模样里。

午夜过了，除了席德，人人都有点醉了，卡森问他离开美国多久了。“从打仗起，”他说。“我跟着部队来的，再没回去。”

肯，沉浸在甜蜜与幸福之中，把酒杯高高举在空中，敬酒道：“凭上帝之名，愿你永远也不必，席德。”

“为什么，‘不必’？”杰奎琳说。在昏暗的灯光下，她看上去严厉清醒。“你为什么那么说？”

肯惊愕地看着她，“呃，我只是说——你知道——他永远不必出卖什么，什么都不必。当然，他永远也不会的。”

"这是什么意思,'出卖'?"直到席德低沉地笑起来,这尴尬的沉默才被打破。"别紧张,亲爱的,"他说,然后转向肯。"你知道,我们不那样看。事实是,我这是迂回之计,我想回美国,在那里挣点钱。对此我俩想法一样。"

"嗯,可你在这里干得很好,不是吗?"肯说,几乎在求他了。"你挣的钱也够多了,一切也满意,不是吗?"

席德耐心地笑笑。"但我说的不是这种工作,你知道。我是说真正挣大钱。"

"你知道默瑞·戴蒙德是谁吗?"杰奎琳问道,眉毛高高扬起。"拉斯维加斯夜总会的老板。"

可是席德笑着摇摇头。"亲爱的,等一下——我一直跟你说,不要指望什么。有天晚上,默瑞·戴蒙德碰巧来了这儿。你知道,"他解释道。"并没待多久,但他说这周哪天晚上会尽量抽时间过来。这是我的好机会。当然,就像我说的,不要指望什么。"

"呃,天啊,席德——"肯困惑地摇摇头;接着,他脸绷得紧紧的,显出愤怒的神情,一拳砸在桌上,拳头弹了起来。"为什么要把自己当妓女?"他问道。"我是说,见鬼,你知道,在美国他们会让你出卖你自己的!"

席德还是笑着,可是他的眼睛微微眯起来。"我想那只是你的看法,"他说。

对肯而言,最糟的莫过于卡森立即来救场。"噢,我想肯说的并不是听上去的那个意思，”他说，在肯含糊不清地道歉时(“不，当然不是那个意思，我的意思是——你知道……”)，卡森继续说着别的事，说着只有他才会说的轻松、机灵的话题，直到所有的难堪都烟消云散。到说晚安时，只有握手、微笑，彼此许诺不久还要再聚。

可一俟他们走出酒吧来到街道上，卡森就转身对着肯。“为什么你非得那么该死的幼稚呢？难道你看不出刚才有多尴尬吗？”

“我知道，”肯说，赶紧跟上卡森的长腿，“我知道。可是见鬼，我对他很失望，卡森。问题在于以前我从没听他这样说过。”当然，此处他略去若干，因为除了那次羞涩的交谈并打电话到哈里酒吧外，他根本就没听席德谈过什么，那晚打完电话后肯逃回旅店，还担心逗留过久而惹人生厌。

“好，可是即使这样，”卡森说。“难道你不觉得，这个人想怎么对待他的生活是他自己的事么？”

“好吧，”肯说，“好吧。我跟他说对不起了，是不是？”此时他这般低声下气，以至于过了好久才意识到，从某种程度上说，他表现得并不太坏。毕竟，今晚卡森唯一的胜利只是那种外交手腕，安抚情绪而已；而他，肯，表现得更引人注目。幼稚也好，冲动也好，难道那样说出他的想法不是一种尊严吗？现在，他舔舔嘴唇，边走边看着卡森的侧影，他端平肩膀，尽量走得平稳，不晃动，尽量大步向前，尽量男子气概一点。“我只是忍不住自己的想法,就这样。”他深信不疑地说。“当我对某人失望时,我会表现出来,就那样。”

“好吧,算了。”

虽然难以置信,但肯几乎确定,他从卡森的声音里听出了勉强的敬意。

第二天干什么都不顺。阴沉沉的下午让他们俩也很消沉,火车站附近有间荒凉的咖啡馆,是工人们爱去的地方,他俩坐在那里发呆,彼此很少交谈。这一天开头就好得不同寻常——这本身就是麻烦。

他们直睡到中午才起来,吃过午饭后去海滩,肯只要不是让他单独去那里,也并不介意。没用多久,他们轻松、得体地搭上两个美国姑娘,这种事情卡森驾轻就熟。一分钟前,那两个姑娘还是愠怒的陌生人,往身上抹着香喷喷的防晒油,一副只要有人打扰她们,就会叫警察的样子;接下来一分钟,她们对卡森说的话乐不可支,挪开屁股和她们的带拉链的 TWA① 蓝色小背包,给不速之客腾地方。那个高个姑娘归了卡森,她有着修长结实的大腿,聪颖的双眸,头发往后轻甩的样子看起来真的很美,而那个小个子姑娘是肯的——满脸雀斑,对输赢看得开,十分可爱。她每一次开心的瞥视、每个手势,都说明

① TWA:Trans-World Airlines,(美国)环球航空公司。

她早已习惯甘居人后。肯呢,肚子深深埋在沙子里,两手握拳叠起,支着下巴,微笑着贴近她温暖的双腿。几乎没有一点通常这种场合下谈话时的紧张感觉,甚至当卡森和那个高个姑娘起身跑向水里,溅起一片水花后,他也能提起小个姑娘的兴趣:因为她说了好几次索邦学院"一定很迷人",她对他不得不回丹佛颇为惋惜,不过她也说这"可能是最好的事情"。

"那么,你朋友就打算一直待在这里?"她问。"他说的是真的吗? 我是说他不念书,也不工作什么的? 就是四处游逛?"

"呃——是的,没错。"肯尽量像卡森那样咧着嘴角笑。"怎么啦?"

"有意思,没什么。我想我以前从没遇到过这种人。"

这让肯意识到笑声,还有刚够蔽体的法国泳装让他看错了这些姑娘,她们是他或卡森久违了的那种姑娘——城市郊区的中产阶级女孩,恭顺听话、得到父母批准后才开始这次有地陪的旅游;是礼貌地说"讨厌"而不说"他妈的"的那种姑娘。走在大街上,她们在校园商店里买的衣服,冰球场上才有的步伐立即就会暴露她们的身份。她们是那种姑娘,围在宾治盅[1]前,对他第一次穿着燕尾服的样子,小声叫着:"啊唷!"她们那无知的、令人恼火的淡漠瞥视,拒他于千里之外,是他

---

① 宾治盅:盛混合饮料的大碗。

在丹佛和纽黑文的那些岁月中永远的痛。她们传统守旧。令人惊异的是，现在他感觉良好。他将重心移到另一手肘上，这只手缓缓抓满一把滚烫的沙子，让它们慢慢流掉，一遍又一遍，他发现他的话说得越来越快，越来越流畅：

“……不，真的，巴黎有很多值得一游的去处；真可惜你在那里没待多久；实际上我最喜欢的大多数地方人们一般都不大去；当然，我比较幸运，因为我法语说得还行，所以我还遇到很多好客的……”

他坚持住了；他应付得过来。卡森和那个高个姑娘优雅、漂亮，像旅游海报上的一对夫妇，当他们游完泳，一路小跑回来时，肯甚至压根没察觉到，卡森和高个姑娘倒在他们身边，忙着找浴巾、香烟，哆嗦着讲笑话，说海水有多凉。肯唯一的担忧越来越甚：卡森一定也看清了这些姑娘，会断定她们不值得费神交往。可是扫一眼卡森微妙的笑容，表情丰富的脸，又打消了他的疑虑：此时卡森紧挨着高个姑娘的腿边坐着，她站起来用浴巾揩干后背时，乳房轻快地来回摆动，不用说，就这决定了卡森会跟她们交往下去。“瞧，”他说。“为什么我们不一起吃晚饭呢？接下来我们可以——”

两个姑娘赶紧说她们很抱歉：她们恐怕不行。不管怎样，十分感谢，她们要在酒店跟朋友们会合，一起吃晚饭，实际上现在就该回去了，好像她们很讨厌这样——“天啊，看看几点了！”她们听上去真的很抱歉。当他们四人费力地朝更衣室走去时，她们的抱歉让肯鼓起勇气，伸出手，握住小个姑娘那温暖、柔若无骨的小手，那手本来在她腿边甩动。她轻轻捏着他粗大的手指，朝他笑了。

“那么，另外哪天晚上吧？”卡森说。“在你们走之前？”

“哦，事实上，”那高个姑娘说，“我们所有晚上确实全都排满了。说不定又会在沙滩上撞到你们呢，那肯定很好玩。”

“去他妈的新罗谢尔①小婊子，瞧不起人，”当他俩单独在男更衣室里时，卡森说。

“嘘——！小声点，卡森。她们就在这里，可能听得见。”

“噢，别傻了。”卡森满是沙子的手把泳裤扔到踏板上。“我倒希望她们听到我说的话——见鬼，你怎么回事？”他看着肯，仿佛怨恨他。“一对该死的戏弄人的假正经，别装什么纯洁了。天啊，我为什么不待在巴黎？”

此时他们两人坐在酒吧里，卡森怒气冲冲，肯生着闷气，隔着污点斑斑的玻璃看着夕阳。一群精力旺盛、浑身蒜味的工人们趴在弹球机上方又吼又笑。他们一直喝着，晚餐时间早就过了；后来很晚时他们一起在某家饭馆吃了一顿不愉快的晚饭，红酒一股软木塞味道，薯条油太重。当凌乱的碟子撤下去后，卡森点燃了一根烟。“今晚你想做什么？”他说。

---

① 位于纽约近郊，该地居民多为中产阶级，白天在纽约市工作，晚上回新罗谢尔的家。一度被戏称为“卧室社区”。

肯的嘴上、脸颊上泛着一层薄薄的油光。“我不知道，”他说。“我想，有许多好地方可去。”

“我想，如果又去听席德的钢琴，会不会有辱你的艺术鉴赏力啊？”

肯朝他微微一笑，有些不耐烦。“你还在唠叨这个？”他说。“我当然愿意去。”

“即使他可能把自己当妓女出卖？”

“你就不能不再说这个了吗，卡森？”

他们还在街上。席德那间酒吧门口的灯光投射到地上形成一块光斑，甚至还没走到那儿，他们就听到了钢琴声。待走到楼梯上，琴声越来越大，越来越醇厚，现在还听出琴声里混着一个男人沙哑的歌声，不过当他们下到房间里，从蓝色烟雾中望过去，才发现歌手原来就是席德自己。他眼睛半闭着，头侧向一旁，冲人群微笑，他边唱，边摇晃着身子，敲着琴键。

“啊，她有双迷人的眼睛……”

蓝色聚光灯照耀下，他湿润的牙齿上闪着光，两边鬓角处流下细细一线汗水。

“我说它们比夏日的天空还要灿烂

当你望着它们时，你会发现

所以啊，我爱我的洛琳……”

“该死，这里已经满座了，”卡森说。酒吧里坐无虚席，他们不知道是走还是留，就站在那里看了一会儿席德的表演，后来卡森发现身后吧台高凳上有个女孩，正是杰奎琳，“噢，”他说。“嗨。今晚人真多。”

她笑了笑，点点头，然后伸长脖子看着席德。

“我不知道他还唱歌，”卡森说。“这是什么新的吗?”

她的微笑换成了不耐烦的皱眉，她把食指放在唇上。卡森受到冷落，只好转回来，费力地一脚换一脚地挪动身子，然后他推推肯。“你是想走呢，还是想留下？如果你想待在这儿，至少我们得找个地方坐下。”

“嘘——！”几个人从座位上扭过身子，朝他皱着眉头。“嘘——！”

“那好，来吧，”他说，领着肯侧身磕磕绊绊地穿过一排排听众，来到了酒吧里唯一一张空桌子前。那是最前面的一张小桌，离音乐太近，桌上有饮料洒出来过，还是湿湿的，为了给其他人更多的桌子腾地方，这张桌子给挪到一边。坐下来后，他们才看到原来席德并不是随意地看着人群，他朝着一对看似乏味的人在唱。那两人穿着晚装，坐在几张台开外，一个是金发女孩，可能是刚走红的女明星，另一位是个矮胖的秃头男人，肤色黝黑，不用说是默瑞·戴蒙德，可能是星探派他来这里寻找目标的。有时席德的那双大眼会在酒吧的其他地方停留片刻,或望向烟雾缭绕的天花板,可是它们只有在望着这两人时,才有神,才专注。甚至唱完歌后,钢琴还来了一段长长的、复杂的变奏,他甚至还在看着他们,看他们是否有在观看。当他结束后,传来一小阵雷鸣般的掌声,那秃头男人扬起脸,嘴里衔着琥珀烟斗,拍了几下手。

"很好,山姆,"他说。

"我叫席德,戴蒙德先生,"席德说,"可我还是很感谢你。很高兴你喜欢,先生。"他肩膀往后靠,张嘴笑了,手摆弄着琴键。"您有什么特别想听的吗?戴蒙德先生?老歌?真正的老迪西兰[①]怎么样?也许来点布基[②],要不来点甜派风格[③],我们叫做商业元素的?这里什么曲子都有,就等着演奏。"

"什么都行,啊,席德,"默瑞·戴蒙德说,那个金发女郎侧身在他耳边低声说了什么。"《星尘》怎么样?席德?"他说。"你会弹《星尘》吗?"

"哦,戴蒙德先生,如果我连《星尘》都不会弹,我猜不管是在法国或在别的哪个国家,我的饭碗都会保不住。"他张口而笑,那笑却是假的。从他手下滑出了这首曲子过门和弦。

---

① 迪西兰:Dixieland,以新奥尔良城为代表的乐器爵士乐,以较快的两拍节奏及团体和个人的即兴演奏为特征。

② 布基:Boogie,一种极富节奏的布鲁斯舞曲。

③ 甜派风格:sweet side,一种严格按旋律和拍号演奏的爵士乐。

几个小时以来,这是卡森的第一个友好举动,让肯感激得满脸通红:他把椅子拖近肯,开始很小声地说话,没人能责备他干扰了演出。“你知道吗?”他说。“这真叫人恶心。我的天,我才不在乎他是不是想去拉斯维加斯,我也不在乎他是不是为了去那儿而献殷勤。这该当别论。这让我恶心想吐。”他住了口,皱着眉头看着地板,肯看到他太阳穴处的血管像条小虫似的一动一动。“假装有这种假口音,”卡森说。“所有这些全是假冒雷摩斯大伯①那一套。”他突然进入状态,两眼圆睁,头猛地一抬,模仿着席德。“是的,先生,戴蒙德先生,先生。您想听什么吗,戴蒙德先生?所有的曲子都准备好了,就等着演奏了,呸,呸,呸,把我嘴都弄脏了!”他一口喝完他的酒,把酒杯重重地往桌上一放。“你完全知道他没必要那样说话。你完全知道他是个非常聪明、受过良好教育的家伙。我的天,在电话里我根本听不出他是个黑人。”

“嗯,是啊,”肯说。“是有点没劲。”

“没劲?这太丢脸了,”卡森撇着嘴说。“这是种堕落。”

“我知道,”肯说。“我想那就是我说的他把自己像妓女一样出卖。”

“那么,你完全正确,该死的,这简直让你对整个黑人失去

① 雷摩斯大伯:Uncle Remus,《雷摩斯大伯》是一本动物故事、歌曲、口述民间故事集,书中主人公雷摩斯大伯是美国南部的黑人,书中他讲述了种种故事,成为美国著名的虚构人物之一。

了信心。”

卡森告诉肯他是对的，对肯而言，总是一针强心剂，经过这样的白天之后，现在简直难得地振奋人心。他一口喝掉他的酒，挺直背，擦掉唇上的一层汗，嘴巴微微缩起，显示出他对黑人的信念也严重动摇了。“伙计，”他说。“我肯定是看错人了。”

“不，”卡森安慰他，“知人知面不知心。”

“听着，那我们走吧，卡森。让他见鬼去吧。”肯的脑子里已经有了很多计划：他们可以去十字大街凉爽的地方走走，就正直的意义来一次严肃的交谈，正直是多么难得，又是多么容易伪装，正直是人的一生唯一值得的奋斗目标，他们要一直讨论到这天所有的不快全都烟消云散。

可是卡森把椅子又拖回去了，同时笑着皱起眉头。“走？”他说。“你怎么回事？难道你不想留下来看看这出戏？我要看。难道它还不够让你入迷吗？”他举起杯子，示意再来两杯科涅克①。

《星尘》来了个优雅的结尾，席德站了起来，沉浸在热烈的掌声中，该他休息了。当他从前面走下低台，正好耸立在他们桌前，那张大脸因汗水而发光；他径直看着戴蒙德那一桌，从他们桌边擦过，停在戴蒙德桌前说：“谢谢您，先生，”然而

---

① 科涅克：cognac，法国白兰地，产地科涅克。

在他穿过人群走到吧台前去，戴蒙德并没有张口说话。

“我猜他觉得他没看到我们，”卡森说。

“幸好没看到，”肯说。“不然，我不知道对他说什么好。”

“不是吧你？我想我知道。”

酒吧里闷得很，肯的科涅克样子看着让人讨厌，闻上去味道也不好。他用粘乎乎的手指松开衣领、领带。“走吧，卡森，”他说。“我们走吧。我们出去呼吸点新鲜空气。”

卡森没理他，看着酒吧里正在发生的事。席德喝了点杰奎琳递给他的东西，接着消失在男洗手间里。几分钟后，他出来时，脸上干爽了，人也平静下来。卡森转过身，研究着他的杯子。“他来了。我想，为了戴蒙德，我们现在要打个大大的招呼。看着。”

转眼间，席德的手指拂过卡森的肩头。“嗡嗡嗡，嗡嗡嗡！”他说。“今晚过得怎么样？”

卡森很慢很慢地转过头，抬起沉重的眼皮，刹那间遇上席德的笑容，那神情仿佛一个人在看着不小心碰了他一下的侍者那样。接着，他转过身继续喝他的酒。

“噢-喔，”席德说。“可能我做得不对。也许我碰错了肩膀。我还不太熟悉这些规则。”默瑞·戴蒙德和金发姑娘看着他们，席德冲他俩眨眨眼，当他侧身从卡森椅子后面走过时，他的拇指摩挲着衣领上 IBF 的襟章。“戴蒙德先生，我们是同一个俱乐部的，”他说。“酒吧人士协会。麻烦的是，我还不太熟悉那些规章制度。”当他拂卡森另一个肩膀时，几乎吸引了酒吧里所有人的注意。“嗡嗡嗡，嗡嗡嗡！”这次卡森吓得往后一退，拉开自己的上衣，看了肯一眼，疑惑地耸耸肩，仿佛在说，你知道这个男人想干什么吗？

肯不知道是该咯咯笑呢，还是该呕吐；他身体里这两种欲望突然都很强烈，虽然他的表情很严肃。后来很长一段时间里，他还记得自己一动不动的两手间擦得干干净净的黑色塑料桌的样子，那似乎是全世界唯一稳定的平面。

“嘿，”席德说，退回到钢琴边，笑容好似上了层釉。“这是怎么回事？这儿有什么阴谋吗？”

卡森任可怕的沉默继续。然后，好像突然淡淡地记起来，仿佛说，啊，是的，当然。他站起来，走到席德跟前，后者迷惑地退回到聚光灯下。卡森面对着他，伸出一根软不拉叽的手指，碰了碰他的肩膀。“嗡，”他说。“这样可以吗？”转身走回自己的坐位。

肯祈望有人会笑——谁都行——可没人笑。酒吧里没有一点动静，除了席德死灰一般的笑容，他看看卡森，又看看肯，慢慢地，合上嘴，眼睛睁得大大的。

默瑞·戴蒙德也看着他们，只是看着罢了——冷冷地、黝黑的一张小脸——然后他清清嗓子，说：“《拥抱我》怎么样，席德？你会弹《拥抱我》吗？”席德坐下来，开始演奏，眼睛里一片空无。

卡森颇有尊严地点头示意结账,在托盘上放下数目恰当的千元、百元的法郎钞票。他很熟练地穿过桌子,上了楼梯,仿佛等不及要离开这里。但肯用的时间长得多,他像一头被困的熊在烟雾中徘徊、摇摆,在他就要走出最后一张桌子前,杰奎琳的眼神捉住了他,它们紧盯着他不放,不屈不挠,他只得抱以软弱、颤抖的微笑,它们钻进他的后背,送他跌跌撞撞地走上楼梯。直到外面清凉的空气袭来,直到他看见已走到几扇门外、越走越远的卡森笔挺的白色外套,他才知道他想干什么。他想跑上前去,用尽全身力气,冲着卡森前胸就是一拳,一记猛砍,把他砍倒在街上,他还要再揍他,要不就踹他——是的,踹他——他要说,卡森,你这个该死的,你这个该死的!话已经在嘴边了,他正要抬手打他时,卡森停下脚步,在街灯下转身面对着他。

"怎么啦,肯?"他说。"难道你不觉得那很好玩吗?"

他说什么并不重要——片刻间,似乎卡森说什么都不再重要——重要的是,他脸上饱受内心折磨的神色惊人地熟悉,那就是他自己的脸,猪油佬普拉特,向别人展示着他的一生:困惑、脆弱,极度依赖,尽力微笑,那表情仿佛在说请别抛下我。

肯垂下头,要不就是怜悯,要不就是羞愧。"见鬼,我不知道,卡森。"他说。"忘掉它。我们找个地方去喝点咖啡。"

"好。"他们又在一起了。唯一的问题是一开始他们就走错了方向：要去十字大街，他们只得折回来，再次经过席德那间亮着灯的酒吧门口。他们仿佛在烈火中穿行一般，飞快地走过去。任谁看到了都会说他们相当沉着，他们的头扬得高高的，眼睛直视前方，这样能听到响亮钢琴声的时间只有那么一瞬，慢慢地它小了下去，消失在他们身后，消失在他们的脚步声里。

旧的不去

七号楼，结核科大楼，战后与莫洛伊退役军人医院的其他科室隔开已有五年之久了。它离六号楼，截瘫科大楼，不过五十码——它们面向同一根旗杆，同处于当风的长岛平原之上——可自从1948年夏天以来，它们之间再没了邻里间的往来，那年夏天，截瘫病人们递交请愿书，要求肺结核病人待在他们自己的草坪上。当时让结核病人们怨恨不已（“那些截瘫畜牲们以为他们拥有他妈的这地方”），可这早就无关紧要了；甚至连七号楼里的人没有戴消毒纸口罩便不得去医院小卖部也无所谓。

谁在乎？毕竟，七号楼与众不同。这些年来，它的三个黄色病房里的一百多病号，几乎全从这地方出逃过一两次，而且一旦他们的X光片变干净，或能经过各种手术康复，他们全都希望能再次逃离，永远不要回来；同时，他们也没有把这里当成家或把这里的生活当成一种生活，准确地说，只是把这里当作永恒的监狱，隔段时间可以去“外面”一趟。他们像犯人一般，把医院以外的世界叫做“外面”。还有：由于他们的病并非作战负伤所致，他们从来没把自己当成“退伍军人”（也许圣诞节时除外，那时每人能收到油印的总统问候信，连同《美国纽约日报》[1]赠送的一张五美元钞票），因此也没觉得自己和伤残军人有什么真正联系。

七号楼是个独立的世界。每天它都在自己的美德与恶习之间进行着选择，是待在床上，还是午夜时掷骰子赌博、开小差、通过两个公共厕所的消防门偷带啤酒和威士忌进来。这里上演着他们自己的喜剧——比如，某晚斯奈德用一把水枪把值班护士追进了透视间，或者一品脱波旁酒从老福雷的浴袍里滑落，正砸碎在瑞斯尼克医生的脚下；这里偶尔也上演自己的悲剧——杰克·弗克斯坐在床上说：“看在老天面上，打开窗户，”说完大声咳嗽，引发反常的大出血，十分钟内要了他的命，还有些时候，一年中有那么两三次，某人坐着轮椅给推去动手术，他笑着，冲那些朝他喊“保重”、“祝你好运，伙计！”的人挥手，却再也没回来。可是大多数时候，无聊吞噬了这个世界，这里的人们或坐或躺在舒洁面巾纸和痰盂之间，淹没于整日开着的收音机噪声里。新年除夕的那个下午C病房里就

---

① 《美国纽约日报》：New York Journal-American，1936—1966年间的黄色小报。为最为知名的黄色新闻出版商威廉·伦道夫·赫斯特所有，该报为追求发行量刊登了许多极度夸张、虚假的文章，内容以报道名人丑闻和血腥谋杀新闻为主，在大萧条时期倒闭。

是这样，只不过收音机的声音给小不点科瓦克斯的笑声盖住了。

小不点科瓦克斯三十岁，身高六英尺半，大块头，像头熊。那天下午他正和朋友琼斯在一边说体己话。琼斯小个头，骨瘦如柴，坐在小不点身边很是滑稽。他们悄声细语，还大笑——琼斯的笑声是神经质的咯咯声，边笑边不断伸手到病服里去挠肚皮，小不点则声如洪钟地狂笑。过了一会，他俩站起来，脸上因笑的缘故还泛着红潮，他们穿过病房，朝麦金太尔的病床走来。

"嗨，麦克，听着，"琼斯开口说，"小不点和我有个主意。"他咯咯笑着，接着说，"你跟他说，小不点。"

可问题是，麦金太尔一直忙着写封重要的信。他四十一岁，身体虚弱，满脸的皱纹刻出一脸调侃揶揄的表情。可是他俩把他那不耐烦的怪相当做了笑容，小不点开始诚心诚意地解释起来。

"听着，麦克，今晚大约十二点左右，我打算脱光光，明白吗？"他说话很困难，因为门牙掉光了；在肺出问题后不久牙齿就有了毛病，而医院为他定做的新牙托迟迟没到。"除了打算系着这条毛巾外，我会全裸，明白吗？这像不像尿布？听着，我打算把这个斜挂在胸前。"他打开一卷四英寸宽的绷带，有一码长，他或琼斯在那上面用记号笔写下印刷体数字"1951"。"明白了吗？"他说。"一个大胖宝宝？没有牙齿？再听着，麦克，你扮旧的一年，行吗？你可以把这个戴上，还有这个。你是最佳人选。”第二条绷带上写着“1950”，另外一样东西是白棉花做的假胡子，是他们从娱乐室红十字会的储物箱中翻出来的——显然是从以往圣诞老人的衣服上扒下来的。

“不，谢谢，”麦金太尔说。“找别人去吧，好吗？”

“啊，天啊，你得干，麦克，”小不点说。“听着，我们把大楼里的每个人都想了一遍，你是唯一的人选——难道你不明白？你瘦，你秃顶，还有些白发。最妙的是你很像我，你也没有牙齿。”接着，为了表示无意冒犯，他加上一句，“嗯，我是说，至少你可以把它们取出来，是不是？你可以把它们取出来几分钟，然后把它们装回去——对吧？”

“听着，科瓦克斯，”麦金太尔说，合了一下眼，“我已经说过不了。现在请你们俩离开这里好吗？”

小不点脸色慢慢变了，一脸愠怒，两颊气得发红，仿佛给人掴了一掌。“好吧，”他克制着说，从麦金太尔的床上一把抓起胡子和绷带。“好吧，见鬼去吧。”他转身，大步走回病房自己这头。琼斯一路小跑跟在他身后，尴尬地笑着，松垮垮的拖鞋在地上踢踏踢踏直响。

麦金太尔摇摇头。“你怎么会喜欢这一对白痴混蛋呢？”他对隔壁床上的男人说，这是个瘦削、病情严重的黑人，名叫弗农·斯隆。“你全听到了吗，弗农？”

“我听了个大概，”斯隆说，接着说起别的事，但一说话咳得厉害,他伸出褐色的长手去够痰盂,麦金太尔则继续写他的信。

回到自己病床边,小不点把胡子和绷带抛到他的储物柜里,把柜门砰的一声摔上。琼斯赶上来站在他身边,求他。“听着,小不点,我们再找别人,就得了。我们找舒尔曼,或者——”

“啊,舒尔曼太肥了。”

“好吧,要不就约翰逊,再不就——”

“听着,别再提了,行吗,琼斯?”小不点终于爆发了。“见他妈的鬼。我不再管了。想找点什么乐子让这帮家伙在新年时笑一笑,可你得到的就是这种回报。”

琼斯坐在小不点床边的椅子上。“好了,”他停了片刻,“这还是个好点子,是不是?”

“啊!”小不点厌恶地一挥手。“你以为这些畜生们会感激?你以为这栋楼里会有一个狗娘养的杂种感激它?全见他妈的鬼去吧。”

再争论也没用;这天余下的时间里小不点会一直闷闷不乐了。当他的感情受到伤害时,总是如此。而他的感情也经常遭受伤害,因为他独特的嬉戏往往闹得其他人心烦。比如拿嘎嘎叫的橡皮鸭这事来说。橡皮鸭是他圣诞节前不久在医院小卖部买的,打算作圣诞礼物送给他某个侄子。问题是最后他决定给那孩子再买个别的礼物,这个鸭子留给他自己;因为橡皮鸭嘎嘎叫能让他一连笑上好几个小时。晚上熄灯后，他会爬上其他病友的床，让鸭子对着他们的脸嘎嘎直叫，没多久几乎所有人都叫他住手，闭嘴。后来有人——实际上是麦金太尔——从小不点床上偷走了鸭子，藏起来，而小不点为此郁闷了三天。“你们这帮家伙自以为很聪明，”他冲着整个病房发着牢骚。“举动却像群孩子。”

后来还是琼斯找到鸭子，还给了他；琼斯可能是唯一觉得小不点做的事情好玩的人。这时他站起来要走，脸上稍有喜色。“不管怎么样，我搞到了瓶酒，小不点，”他说。“你我今晚可以爽一把。”琼斯并非贪杯之人，可新年除夕夜毕竟是个特别的日子，偷带酒进来也非易事：早在几天前，他已经安排妥当，弄了一品脱黑麦威士忌进来，他哈哈大笑着把它藏在储物柜里几件不用的病服下面。

“不要告诉任何人你有酒，”小不点说。“我再也不会每天为他们这帮畜生报时了。”他猛地叼了根香烟在嘴里，粗暴地划着火柴。接着，他从衣帽钩上取下新的圣诞礼服——小心翼翼地穿上，捺着性子，理好垫肩，系好腰带。这是件华丽的礼服，紫红色绸缎，红色翻领衬着，一穿上它，蒂尼的脸和举止顿时罩上奇怪的尊严。这表情和这件礼服一样新，或一样有季节性：时光得倒回到这周前，他穿戴整齐回家过圣诞假期。

许多人穿上他们平时的衣服后，不是这就是那多少有了些新变化。麦金太尔穿上他那件几乎没穿过的蓝色哔叽的小会计制服后，一下子变得惊人地谦逊，不像爱挖苦讽刺或搞恶作剧的人；而琼斯，穿上他的旧海军风雨装后，变得很凶悍，让人吃惊。年轻的克瑞布，大家都叫他年轻人，穿上他的双排扣西装后，仪表堂堂，老成持重；还有特拉弗斯，许多人都忘了他是耶鲁毕业的，可一穿上 J. 普莱诗[①]法兰绒外套，还有那带扣的衣领，马上奇怪地显得女气。当几个黑人穿上他们的窄脚裤，宽松外套，再戴上巨大的温莎领结，他们突然又成了黑人，而不是普通人了。他们甚至不再好意思用过去熟悉的口吻和白人交谈。可是所有人中变化最大的也许要属小不点。衣服本身并不令人奇怪——他家在皇后区经营着一间豪华餐馆，他恰当地穿上一件墨黑的长大衣，系上丝质围巾——可是它们给他带来不同寻常的尊严。傻笑不见了，笑声消失了，笨拙的举止也被压制住了。翻檐帽下的眼睛镇静而威严，完全不是小不点的眼神。甚至牙掉光了也没破坏这效果，因为除了含糊几句简单的圣诞祝愿外，他双唇紧闭，一言不发。其他病人抬起头，略带羞涩，景仰地望着这个焕然一新的人，这引人注目的陌生人，看着他大步走出这幢大楼，坚硬的鞋跟踏在大理石地板上嘎吱直响——稍后，当他在牙买加区的人行道上

---

① 普莱诗：J. PRESS，1902 年在美国康涅狄格州纽黑文市创立，以生产高品质的西服、衬衣和传统领带闻名，一直是耶鲁大学和哈佛大学师生的“服装供应商”。

转身朝家走去时，人群本能地闪到一旁，给他让路。

小不点知道他在扮演这个迷人角色，可待他回到家，他不再想它了；在家人中间，生活才是真实的。那里没人叫他小不点——他是哈罗德，温和的儿子，对许多圆眼睛孩子们来说，他是一名安静的英雄，一位尊贵的稀客。盛宴临近尾声时，一个小女孩被隆重地领到他座位前，她害羞地站在那里，不敢看他的眼睛，手紧紧地揪着礼服裙边。她母亲催她说："你想告诉哈罗德叔叔你每晚祈祷时说的话吗，艾琳？"

"是的，"小姑娘说。"我告诉耶稣请保佑哈罗德叔叔，让他早点康复。"

哈罗德叔叔笑了，握着她的双手，"真是太好了，艾琳，"他哑着嗓子说。"可是你知道，你不该说告诉他。你该求他。"

她第一次看着他的脸。"我就是那意思，"她说。"我求他。"

哈罗德叔叔把她揽进怀中，大脸埋在她的肩头，为了不让她看到自己双眼含着泪花。"真是个好姑娘，"他轻声说。这种场面七号楼里没人会相信。

直到休假结束，他才在家人恋恋不舍的祝福声中大步走开，耸耸大衣下的肩膀，把帽子弄方正时，他还是哈罗德。去汽车总站的一路上，他是哈罗德，回医院的一路上，他是哈罗德。当他踏着重重的步子走回 C 病房时，其他人还是奇怪地看着他，有点害羞地跟他打招呼。他来到床边，把几个包裹放下(其中一个就装着这件新礼服),然后径直朝公共厕所走去,换衣服。快结束了,因为,当他穿着旧得褪色的病服从厕所里出来,趿拉着拖鞋,仅在他柔和的脸上还残留着一丝显要之色,一两小时后,他躺在床上,听着收音机时,连这也消失了。晚上再迟些时候,当大部分返回的病人都安顿下来后,他从床上坐起来,用以前那种傻乎乎的神情四下里张望。他耐心等着大家全安静下来,把橡皮鸭高高地抛到空中,和着“剃须剪发,二毛五”①的节奏,让它嘎嘎地叫了七次。大家抱怨着、咒骂着。小不点回来了,准备好迎接新的一年。

现在,还不到一周,只要他想,他还可以重新找回他的尊严,套上礼服,摆出一副架势,拼命想想他的家就行了。当然,这只是个时间问题,慢慢地大家会习以为常,而礼服也会给揉得皱巴巴,之后一切就真的结束了,可在那会儿却还很有魔力。

走道那边,麦金太尔坐在那里沮丧地苦思着未写完的信。“弗农,我不知道,”他对斯隆说。“上个星期你只能待在这个垃圾堆里过圣诞节,我很抱歉,可是你知道吗?你很幸运。我希望他们也没让我回家就好了。”

“是吗?”斯隆说。“你这么说是什么意思?”

---

① 原文是:shave-and-a-haircut, two-bits。这是最简单的音乐对句(七到八个音符),这七个音符的变化被视为最短最完整的一首曲子。

“啊,我不知道,”麦金太尔说,同时用舒洁面巾纸擦着自来水笔。“我不知道。只是我讨厌还得回来,我想。”可这只是部分原因;另一部分原因,像他这周一直在写的那封信一样,是他自己的事。

麦金太尔的妻子这一两年长胖了,人也迷糊了不少。她每隔一周来看他一次,每个看他的周日下午,脑子里除了刚看过的电影或电视节目外似乎再无其他,她很少跟他提起两个孩子,他们也几乎从没来过。“不管怎么样,你圣诞节就会见到他们的,”她会说。“我们会很开心。不过,听着,爸爸,你确定长途汽车旅行不会让你太累吗?”

“当然不会,”他说,说了好几次。“我去年没什么吧,是不是?”

然而,当他提着从医院小卖部买的几个包裹,终于下得车来时,已累得气喘吁吁,他还得在满是积雪的布鲁克林街道上慢慢走回家。

女儿,珍,十八岁了。他回家时,她不在家。

“哦,是这样,”他妻子解释道,“我以为我跟你说过今晚她可能会出去。”

“没有,”他说。“你没告诉过我。她去哪里了?”

“哦,不过是出去看电影,跟她的女伴布兰达。我想你不会介意,爸爸。实际上,我让她去的。有时候,她晚上也需要放松一下。你知道,她有点累了。她有点紧张什么的。”

“她紧张什么?”

“呃,你知道。首先,她现在的这份工作非常累人。我是说她喜欢这工作,可是她还不习惯一天八小时满满的工作,你知道我什么意思吗?她会适应的。来吧,喝杯咖啡,然后我们把这棵树架起来。我们会很开心的。”

去洗手时,他经过她的房间,女儿不在,房间里一股干净的化妆品味道,还有破旧的泰迪熊和镶着镜框的歌手照片。他说:“回家真是开心。”

儿子约瑟夫,去年圣诞节还是个拿着模型飞机四处晃荡的孩子;可今年,他的头发留了四英寸长,每天在头发上花去很多时间,用梳子把头发全梳上去,梳成油光光的大背头。他还成了大烟鬼,熏得黄黄的拇指和食指捏着香烟,燃着的烟头藏在掌心里。说话时嘴唇几乎不动,唯一的笑就是鼻子里简短的一声哼。在装饰圣诞树时,他就这样喷了一下鼻子。当时麦金太尔在说,听到有小道消息说退役军人事务部可能很快会提高伤残抚恤金。也许哼一声并不意味着什么,但是对麦金太尔而言,它仿佛在说:“你开玩笑吧,爸?我们知道钱从哪里来的。”它似乎是一个准确无误、自以为是的注脚,说明是麦金太尔的妻弟,而不是他的抚恤金支撑着这个家。他决心晚上上床后跟妻子说说这件事,可待到上床后,他只说:“难道他不能把头发再剪短点吗?”

“现在孩子们全留那种头,”她说。“为什么你总看不惯他?”

早上,珍在那里,穿着宽松的蓝色长睡衣,迟钝凌乱。“嗨,亲爱的,”她说,吻了他一下,一股睡意和劣质香水味。她安静地拆着她的礼物,她靠在铺着软垫的高椅上好长时间,一条腿搭在高椅扶手上,脚晃荡着,手指捏着下巴上一颗痘。

麦金太尔无法把眼睛从她身上移开。并不仅因为她是个女人——那种内向、有着躲躲闪闪笑容的女人,整个青春期,他都在极度羞涩之中不可抑制地渴望着这种女人——珍身上还有比那更令人不安的东西。

“你在看什么,爸爸?”她说,笑了笑,马上又蹙起了眉。“你一直在盯着我看。”

他觉得自己脸红了。“我总是喜欢看漂亮女孩。那很讨厌吧?”

“当然不。”她开始专心致志地扯着一块指甲的裂口,低头蹙眉看着手,长长的睫毛垂下来,衬在脸上,形成一弯精美的弧线。“只是——你知道。如果一个人一直盯着你看,会让你很紧张,就那样。”

“亲爱的,听着。”麦金太尔两个手肘支在皮包骨的膝盖上,向前倾着身子。“我能问问你吗?紧张是怎么回事?自打我回家,我听到的就是紧张。‘珍很紧张。珍很紧张。’所以,听着,你能跟我说说吗,这儿有什么好紧张的?”

"没什么,"她说。"我不知道,爸爸。我想,没什么。"

"好,我问是因为——"他想尽量让自己的声音深沉温和,用很久以前的那种声音,可发出来的却是刺耳而暴躁的急促呼吸声——"我问的原因是,如果有什么事情让你烦心,难道你不该跟你老爸说说吗?"

她的指甲一下子扯到肉里去了,这让她拼命地甩着手,把手指含在嘴里,痛得低声呜咽起来,突然她站起来,红着脸,哭了。"爸爸,你能别管我吗? 请你别管我好吗?"她跑出房间,上楼,摔上她房间的门。

麦金太尔跟着追了几步,然后站住了,侧身望着妻子和儿子,他们正在屋子那头检查地毯。

"她到底怎么回事?"他问道。"啊? 见鬼,这里出了什么事?"可他们只是不吭声,像两个做错事的孩子。"得了,快说,"他说。每一次把空气吸进他虚弱的肺里,头便不自觉地轻微摆动。"快点,该死的,告诉我!"

随着一阵感伤的呜咽声,他妻子颓然倒在沙发上,手脚摊开在沙发靠垫中间,啜泣着,任那张脸泡在眼泪里。"好吧,"她说。"好吧,都是你自找的。我们全都努力想让你过一个快乐的圣诞节,可是如果你打算回家后到处打探,用你的问题让每个人发疯,好吧——你这可是自寻烦恼。她怀孕四个月了——喏,现在你满意了? 现在你能不再烦我们了吗?"

麦金太尔一屁股跌坐在安乐椅上,那上面全是沙沙作响的圣诞包装纸,他的头还是随着每一下呼吸在摆动。

“是谁?”他终于说。“那男的是谁?”

“问她去,”他妻子说。“去啊,问她去,就全知道了。她不会告诉你的。她不会告诉任何人——麻烦就麻烦在这。如果不是我发现的话,她甚至不会告诉我她怀孕了,即使现在她也不愿意告诉她亲妈那个男孩的名字。她宁愿伤她妈的心——是的,她宁愿伤她妈的心,还有她弟弟的心。”

然后,他又听到它了,从房间那边传来哼的一声。约瑟夫站在那里,自鸣得意地笑着,踩熄了烟蒂。他的下唇微微地动了,他说:“可能她也不知道那家伙叫什么。”

麦金太尔慢慢从沙沙作响的纸上立起身子,走到儿子跟前,狠狠甩了儿子一巴掌,打得长头发从他头顶上飘起,耷拉到耳朵两侧;脸痛得缩起来,缩回成痛苦、受惊的小男孩。血从这个小男孩鼻子里淌出来,滴在他为圣诞节买的新尼龙衬衣上,麦金太尔又打了他一下,他妻子尖叫起来。

几个小时后,他回到七号楼,无事可做。整整一周,他吃得很少。除了跟弗农·斯隆说上几句外,很少开口。他几乎把所有时间花在给女儿写信上了,到新年前夕下午,这封信还没写完。

他写了许多不太成功的开头,这些最后都进了挂在他床边的纸袋里,和舒洁面巾纸呆在一起。他这样写道:

亲爱的珍：

我想我回家太兴奋了，制造了不少麻烦。宝贝，只是因为我离家太久了，很难理解你已经是个成熟的女人了，这是为什么那天我那样疯狂的原因。珍，我回到这里后思考了一下这个问题，想给你写封短信。

最主要的是别太担心。记住你不是第一个犯这种错的女孩而且

（第二页）

也不是第一个有这种麻烦的女孩。我知道你妈妈很生气，可是不要因为她而沮丧。珍，现在可能看上去你我彼此还不太了解对方，可其实不是这样的。你还记得当我第一次从部队里回来，你那时才十二岁，我们过去时常在展望公园里散步，还讨论些什么。我希望我还能像那样

（第三页）

跟你再谈谈。你老爸可能不太中用了，可他对生活还略知一二，特别重要的一件事，那便是

这封信就写了那么多。

现在小不点的笑声停下来，病房里似乎静得不自然。旧年在一缕昏黄的夕阳中褪到西窗后；夜幕降临，灯亮起来了，

头戴面罩、穿着罩衫的服务人员推着橡皮轮子的手推车咔嗒咔嗒走进来，车上面是一盘盘晚餐。其中一个服务员，身材瘦削，眼神明亮，叫卡尔，开始了他每日的工作。

"嘿，你们大家听说过那个碾过自己的男人吗?"他问，停在走道中间，手里端着一大壶热气腾腾的咖啡。

"倒你的咖啡吧，卡尔，"有人说。

卡尔倒了几杯咖啡，穿过走道，又倒了几杯，可是半道中，他又停下来，眼睛瞪得老大，露在消毒口罩上头。"不，可是听着——你们大家听说过这个碾过自己的男人故事吗？这是个新故事。"他看着小不点，后者通常很愿意配合，演配角。可此刻小不点全情投入地往一片面包上抹黄油，刀每动一下，他的脸颊就颤动一下。"好吧，那么，"最后卡尔只好说，"这个人对一个孩子说，'嘿，孩子，跑到街对面，给我买包香烟来，好吗?'孩子说，'不。'明白吗？所以这人只好自己跑(碾)过去了①!"他拍着大腿，笑弯了腰。琼斯欣赏地呜呜了几声;其他人安静地吃着饭。

吃完饭，盘子撤走后，麦金太尔撕掉第三页的开头，扔进废纸袋里。他重新摆好枕头，掸掉床上的面包渣什么的，开始写道:

---

① 英文 run over 有跑过去，蹍过去的意思。

（第三页）

跟你再谈谈。

所以珍请写信告诉我那男孩的名字。我保证我

可是他把这一页也扔了，坐在那里好长时间一个字也写不出来，只是抽烟，像平时那样小心地避免把烟吸进去。最后他又拿起钢笔，用一张舒洁面巾纸异常小心地清洁笔尖。然后他又在一页新纸上开始写道：

（第三页）

跟你再谈谈。

现在，宝贝，我有个想法。你知道我现在在等着二月份左肺的一个手术，如果一切顺利，我可能能在四月一号离开这地方。当然他们不会让我出院，但我可以像1947年那样再试试运气，希望这次运气更好些。然后我们可以离开这里，到乡下某个地方，就你和我，我可以打份零工，我们可以

护士浆过的衣服的沙沙声、橡皮鞋跟踏在地板上的砰砰声让他抬起头；她正站在床边，拿着一瓶外用酒精。“你怎么样，麦金太尔？”她说。“后背要搽点吗？”

“不，谢谢，”他说。“今晚不要了。”

“我的天。”她瞟了眼那封信，他用手遮住了大半。“你还

在写信吗？每次我经过这里，你总在写信。你一定在跟很多朋友通信。我希望我有时间写信。”

“是啊，”他说。“嗯，那倒是，显而易见。我有大把时间。”

“好，可是你怎么会有那么多东西可写呢？”她说。“这是我的毛病。我做好所有写信的准备，我坐下来，可是我想不出一件值得一写的事。太糟了。”

他望着她的屁股，看着她离开走道。接着他才读了读新写的一页，揉成一团，扔到废纸篓里。合上眼，用拇指和食指摩挲着鼻梁，他试着回想第一版的准确字句。最后他尽量把自己记得的写出来：

（第三页）

跟你再谈谈。

宝贝珍，你老爸可能不太中用了，可他对于生活还是略知一二，特别是一件重要的事，那就是

但是从那开始，钢笔在他手指的紧握之下，仿佛死了一般。仿佛字母表上的所有字母，字母连结成的所有文字，语言可写下来的无限种写法都不再存在了。

他看着窗外寻求帮助，可是窗子成了一面黑镜子，返回的只是灯光、明亮的床单和病房里的病服。他套上病服和拖鞋，

走过去，站在那里，双手捧着额头贴在冰冷的玻璃上。现在他看得清远处高速公路上的一线灯光，白雪和天空之间，天边那黑色的树。就在水平线上，右边，来自布鲁克林和纽约的灯光给天空浸染上一丝淡粉，可有些被最前面一大块黑色给挡住了。黑色是截瘫大楼的一个盲角，遥远的又一个世界。

麦金太尔从窗前转身，黄色灯光刺得他眯缝起眼，窗玻璃上只留下越来越小的一丝呼吸痕迹，是重生与解脱的古怪畏葸模样。他走到床边，把写好的信叠整齐，一撕两半，再两半，扔进了废纸篓。他拿起烟盒，走到弗农·斯隆边上站住，他正戴着老花镜眨巴着眼读《星期六晚邮报》。

“抽烟吗，弗农？”他说。

“不，谢了。麦克。我一天最多只能抽一两根，抽了只会让我咳嗽。”

“好吧，”麦金太尔说，给自己点了根。“想不想杀一盘双陆棋。”

“不了，谢谢，麦克，现在不了。我有点累——我想还是读会儿报。”

“这周报上有什么好文章吗，弗农？”

“噢，不错，”他说。“有几篇文章很不错。”接着他慢慢张嘴笑了，差不多看得到他所有洁白的牙齿。“我说，你怎么啦，伙计？你感觉很好还是怎么着？”

“噢，不太坏，弗农，”他说，伸伸他皮包骨的胳膊，挺直背。“不太坏。”

“你终于写完信了,对吗?”

“是的,我想是,”他说。“我的问题是,我想不出有什么可写。”

看到走道那边小不点科瓦克斯宽宽的后背,萎靡地坐在那里,穿着那件红得发紫的新礼服,麦金太尔走过去,一手搭在他巨大的绸缎肩膀上。“那么?”他说。

小不点扭过头,怒冲冲地望着他,立刻充满敌意。“那么什么?”

“那么胡子放在哪儿了?”

小不点猛地拽开储物柜,一把扯出胡子,粗暴地塞到麦金太尔手里。“在这里,”他说。“你想要吗? 拿去吧。”

麦金太尔把胡子举到耳朵边,把绳子放到脑后。“绳子应该更紧些,”他说。“喏,这样怎么样? 可能我把牙齿取下来看上去会更好点。”

可小不点没在听,他正在柜子里翻那几条绷带。“这儿,”他说。“把这些也拿走吧。我不想参加了。你要干,找别人去。”

就在那时候,琼斯不声不响地走过来了,满脸笑容。“嘿,你打算干了,麦克? 你改主意了?”

“琼斯,跟这个大块头狗娘养的说说,”麦金太尔透过摆动的胡须说。“他不配合。”

"啊,天啦,小不点,"琼斯哀求道。"整件事都靠你了。整件事都是你的点子。"

"我已经跟你们说了,"小不点说。"我不想参加了。你们想干,你们找别的笨蛋干去。"

十点钟熄灯后,大家懒得再把威士忌藏起来。在护士长非正式的每年一度祝福下,整个病房里,那些晚上一直躲在厕所里偷偷摸摸喝上几口的人,现在组成了好些个偷偷快活的小圈子痛饮。午夜来临前,没人特别注意到,有三个人从C病房溜到被单间,拿走了一床被单和一条毛巾,然后又到厨房里拿了一根拖把棍,再横穿整个大楼,消失在A病房的厕所里。

最后一分钟还在为胡子慌乱:它把麦金太尔的脸遮得太多了,结果破坏了他没牙齿的效果。琼斯剪掉了大部分胡子,只留了下巴上的胡须,再用些胶带把它固定在那里,解决了这个问题。"好了,"他说,"这样行了。好极了。现在卷起你的病服裤子,麦克,被单下只能露出你的光腿,明白吗?现在你的拖把棍在哪儿?"

"琼斯,不管用!"小不点悲惨地叫道。他赤条条地站在那里,只穿着一双白色羊毛袜,正努力把裹在腰间的毛巾给别起来。"这狗娘养的东西总是别不住!"

琼斯赶紧跑过去帮忙,最后一切妥当了。他们很紧张,干掉了琼斯最后一点黑麦威士忌,把空瓶子扔在洗衣篮内;接着他们溜到外面，黑暗中，挤在A病房的最前面。

"准备好了吗?"琼斯小声问道。"好了……走。"他啪的一声打开头顶上的灯，三十张惊愕的脸，在强光中眯缝起眼睛。

先出场的是"1950"，衰弱的外形，拄着一根颤抖的杆子，缩成一团，老得一瘸一拐地走着，哆嗦着；他后面是新年宝宝，咧嘴而笑、炫耀着力量，身上兜着巨大的尿布，跳着舞。最初一两秒钟，除了老人的棍子戳在地板上发出的声音外一片静谧，接下来便是笑声和欢呼声。

"旧的不去!"宝宝吼着，声音盖过了嘈杂声。当他们沿着过道往前走时，他精心做了个滑稽动作，朝老人屁股上踢了一脚，要把老人赶走，搞得老人虚弱地晃了晃，差点摔倒，还摸着那半边屁股。"旧的不去！新的不来!"

琼斯跑在前面，把B病房的灯打开，那里的喝彩声更响。护士们无助地聚在门口看着，消毒口罩后面的她们或皱眉，或咯咯笑，表演在喝彩声和嘘声中继续前进。

"旧的不去！新的不来!"

一个单间的门嗵的一声给撞开，灯也给打开，有位垂死的老人隔着氧气帐睁开眼睛。他迷惑地看着这两个癫狂的无牙小丑，他们在他床尾跳跃着；最后他明白过来，给了他们一个黄色的笑容，他们转到下个单间，再下一间，最后来到了 C 病房，朋友们早就笑着聚在走道上等着了。

还没来得及倒好新鲜饮料，所有的收音机立即发出嘹亮刺耳的声音，盖·隆巴多的乐队奏响了《友谊地久天长》；所有的吼叫声融化在走调的合唱中，小不点的声音压过了其他所有人的声音：

“怎能忘记旧日朋友
心中能不怀想？……”

甚至连弗农·斯隆也唱起来，他撑起来，坐在床上，举着掺水威士忌，慢慢随着音乐摇晃。他们还在唱：

“友谊万岁，朋友，
友谊万岁……”

歌唱完后，握手开始了。

“祝你好运，伙计。”

“你也一样，伙计——希望你能熬过今年。”

整座七号大楼的人到处走着，找人握手，在吼叫声、收音机的嘈杂声中，那些话说了一遍又一遍：“祝你好运……”“希望你熬过今年，伙计……”麦金太尔静静地站在小不点科瓦克斯床边，累了，床上那紫红色的礼服团成一团扔在那里，皱巴巴的，麦金太尔举起杯子，朝人群笑着，笑得牙龈都露了出来，小不点的笑声在他耳边轰鸣，沉重的胳膊搂着他的脖子。

建筑工人

众所周知，作家写作家，很容易制造出最垃圾的文字。一篇小说如果以“克拉格掐灭香烟，扑向打字机”这样开头，估计在美国没有哪个编辑会想读第二句。

所以别担心：这是一篇关于出租车司机、电影明星和著名儿童心理学家的小说。不矫情、没废话，这是我的承诺。但您得有点耐心，因为这里面也有一位作家。我不会叫他“克拉格”，也可以保证他不会是那些人物中唯一敏感的人，但我们要跟他处上一段时间，您最好还是把他想得笨拙、鲁莽一点，因为不论是在小说还是现实生活中，几乎所有作家都如此。

十三年前，也就是1948年，我二十二岁，受聘于合众国际社，在财经新闻科任撰稿员，周薪五十四美元。这算不上什么美差，但有两个好处：一是若有人问我是干什么的，我便说“在合众国际社工作”，这话听上去颇为自豪；二是每天早上，我身穿廉价防雨风衣，一脸倦容出现在《每日新闻》大楼前，风衣由于缩水小了一号，我穿着有点紧；头上一顶戴旧了的褐色费多拉帽[①]（要在以前我会说“一顶破帽子”，我很欣慰现在我多少知道诚实地遣词造句了。这顶帽子戴得过多，我紧张时无数次捏拢、整形、再整形；其实帽子根本没有破）。我喜欢每天的那几分钟，走过地铁出口和《每日新闻》大楼之间最后几百码的斜坡，感觉自己就是欧内斯特·海明威，正要去《堪萨斯市星报》上班。

海明威是不是在二十岁生日前就已从战场复员回家？嗯，我也是；好吧，可能我没有受过伤；没有得过英勇奖章，但本质一样。海明威有没有为上大学浪费时间、会耽误职业生涯之类的问题烦心过？见鬼，没有；我也没有。海明威是不是真的很关心新闻事业？当然不是；这里有些微差别，你看，他在《星报》成功突破，而我则在财经新闻科按部就班地工作，郁闷不已。可重要的是，我知道海明威会是第一个同意我看法的人，即作家必须从某个地方起步。

“今天，国内公司债券价格异常高涨，交易略显活跃——”我整天就为合众国际社写这种文章，还有“节节攀升中的石油股价逐步进入活跃的场外交易市场”，以及“立鼎滚轴公司董

---

① 费多拉帽：一种帽顶相当低并有纵长折痕且侧面帽檐可卷起或不卷起的软毡帽。

事会宣布”——我几百字几百字地写，虽然从来没真正搞明白过这是什么意思(苍天在上，什么叫做认购期权，什么叫认沽期权，什么是偿债基金债券？如果我知道就让我见鬼去)，电报打字机咔嗒作响，华尔街股票行情自动收录器滴答滴答，周围的人在讨论棒球，谢天谢地，总算到下班时间了。

每每想到海明威年纪轻轻就已经结婚，我总是很开心，在这点上我跟他一样。我妻子叫琼，我们住在西十二街的最西头，是三楼一间有三个窗户的大房间。如果它不在左岸[①]，当然不是我们的错。每晚，吃过晚饭后，琼洗碗时，房间里一片静谧，甚至有些虔诚肃然。这是我在那三折屏风后的角落里休息的时间，那儿摆了张桌子，上面有盏学生用台灯、一台手提式打字机。当然，就是在那儿，在台灯白色光芒的照耀下，我与海明威之间那点微弱的可比性经受了最大的考验。因为没有任何《密歇根湖上》这样的小说出自我的机器；我的打字机也没打出《三天大风》或《杀手们》[②]这样的小说；实际上，这部机器经常是什么也打不出，即使有什么被琼称为“非凡的”东西，我内心深处也知道那总是、总归还是很糟糕的

① 左岸：Left Bank，法语 Rivedroite。塞纳河左岸由圣日耳曼大街、蒙巴纳斯大街和圣米歇尔大街构成，一个集中了咖啡馆、书店、画廊、美术馆、博物馆的文化圣地。海明威二战后在巴黎旅居，整日泡在左岸的咖啡馆里写作、聊天，留下了许多关于巴黎的文字。

② 这三篇都是海明威的短篇小说。

东西。

许多个夜晚，我所做的就是躲在屏风后发呆——读纸板火柴里印的每一个字，又或者，读《星期六文学评论》封底的广告——这年秋天，也是这样一个夜晚，我无意中读到下面几行：

> 为天才作家提供与众不同的自由撰稿机会。要求有丰富想象力。
>
> 伯纳德·西维尔。

——下面还有电话号码，看上去是布朗克斯的区号。

那天晚上，我从屏风后走出来，琼从洗碗池边转过身，手上的肥皂水滴在摊开的杂志上。我不想用我和琼之间简单、诙谐的海明威式的对话来骚扰你们。我也会跳过我与伯纳德·西维尔之间礼貌而无实质内容的电话交谈。我要跳过几天到其后的某个晚上，我坐了一个小时的地铁，最终找到他的寓所。

“是普林提斯先生吗？”他问道。“你叫什么？鲍勃？好的，鲍勃，我是伯尼[①]。进来吧，随便点。”

我觉得伯尼和他的家都值得描述一番。他大约在四十五

---

① 伯尼是伯纳德的昵称。

到五十岁之间，比我矮得多，也壮实得多，穿着件看上去挺贵的灰蓝色运动衫，下摆没有塞进裤子里。他的头比我的大一半，稀疏的黑发齐刷刷地梳到后脑勺上，好像他刚刚站着仰面来了个淋浴；他的脸是我见过最坦率最自信的脸。

公寓整洁、宽敞，奶白色调，整个地面全铺着地毯，到处是拱门。在靠近衣橱附近的狭窄壁龛处（“脱下大衣和帽子吧；好。把它挂在这个钩子上，我们就安顿好了；好。”），我看见一堆相框，全是一战士兵的不同合影，可起居室墙上却没有一张这样的照片，只有几个铁制灯架，还有几面镜子。走进房间，你不会再去注意有没有相片，因为你所有的注意力会被吸引到唯一一件令人惊异的家具上。我不知道你们会怎么称呼它——壁橱？——不管它叫什么，它似乎连绵不绝没有尽头，有些地方齐胸高，有些地方又只到腰部，至少用了三种深浅不同的褐色装饰面板。有个地方用来放电视机，有一部分放无线电留声机；有个地方薄薄的，做得像个架子，放着盆栽或小雕像；有个地方全是镀铬把手和花里胡哨的滑动板，像个酒吧。

“喝姜汁汽水吗？”他问。“我妻子和我都不喝酒，但我可以给你倒杯姜汁汽水。”

我想伯尼在晚上面试他的应聘写手时，他妻子一定经常出去看电影；我后来倒是见过她，下面会说到的。不管怎样，那第一个晚上，只有我们俩，坐在光滑的仿皮椅上，喝着姜汁汽水，严肃地谈着正事。

“首先，”他说，“告诉我，鲍勃。你知道《载客中》[1]吗？”我还没来得及问他说的是什么，他已从壁橱的某个凹陷处抽出这本书，递过来——这是本平装书，你可在药房[2]这种地方买到，是纽约出租车司机的回忆录。接着他开始跟我说这本书的内容，而我则看着这本书，点着头，心里只希望自己没出门待在家里就好了。

伯纳德·西维尔也是个出租车司机。他干这行已经二十二年了，跟我的岁数一样大，最近两三年，他开始想为什么他不能把自己的经历写成小说呢，这小说难道不是一笔财富吗？“我想你看看这个，”他说，这次，他从壁橱里拿出了一个干净的小盒子，三英寸宽五英寸长的文件卡片盒。他告诉我里面记录了几百条不同的经历；还让我明白它们不一定完全真实，但他向我保证，至少每个故事的主要情节是真的。我能想象真正优秀的捉刀人会如何对待这样丰富的素材吗？或者说我能想象这样的作家将能从杂志销量、作品版税和随之而来的电影版权中赚取多么丰厚的回报吗？

“嗯，我不知道，西维尔先生。这事我得考虑考虑。我想我得先读读这本书，再看看有什么——”

“不，等等。你抢在我前面了，鲍勃。首先，我并没要你去

---

① 《载客中》：My Flag Is Down，纽约出租车司机詹姆斯·V. 马雷斯卡的日记。

② 药房：既能照药方配药，出售药品，又销售日用杂货的商店。

读那本书，因为你从中学不到什么。那人写的全是黑帮、女人、性、酒这类东西，我则完全不同。”我坐在那里，大口喝着姜汁汽水，好像渴得不行，其实只希望他快点讲完他究竟如何不同，我好离开。伯尼·西维尔是个热情的人，他跟我说；他是个普通、平凡的家伙，有颗博爱的心，有真正的人生观；我懂他的意思吗？

我有个小花招，可以将自己与他人隔绝开来（很容易做到；你只要双眼直盯着说话者的嘴巴，观察他说话的节奏，嘴唇、舌头变幻无穷的形状，你就什么也听不见了），我正要这样做时，他又说道：

“别误会我，鲍勃。我还从没要哪个作家为我写过一个字而不付钱的。你为我写作，你会得到应得的报酬。当然，这场游戏在目前这个阶段，还不会有大笔的钱，但你还是会得到报酬。够公平吧？来，我给你再添满。”

这是他的建议：他用这些卡片给我提供思路；我则把它变成伯尼·西维尔以第一人称写的短篇小说，长度大概一两千字，他保证立即付款。如果他喜欢我写的，将会给我更多东西写——如果我能应付得过来，就一周一篇——当然，除了每篇故事付钱之外，这些故事还会带来其他收入，我完全可以期望获得相当大比例的分成。提到他推广这些短篇小说的计划时，他神秘兮兮地看着我，虽然他极力暗示《读者文摘》可能对此感兴趣，但他还是坦承目前还没有与哪家出版商联系过最终将这些短篇小说汇集成书的事宜，但他说他可以向我提几个名字，保管我听后眼珠子都会掉出来。比如说，我有没有听说过曼尼·威德曼？

“哦，也许，”他说，大笑起来，“也许说威德·曼莱你会更知道些。”这是个红得发紫的电影明星，在三四十年代他就像今天科克·道格拉斯、伯特·兰开斯特[1]这样出名。威德·曼莱是伯尼在布朗克斯区的小学同学。共同的朋友让他们直到现在关系还很密切。还有件事也让他们友谊常青，那便是威德·曼莱再三说过想要将这个粗鲁可爱的纽约出租车司机伯尼·西维尔多姿多彩的生活搬上银幕或拍成电视连续剧，由他来演伯尼·西维尔。“现在，我还要跟你说另一个名字，”他说。这次他说那个名字时特意斜眼瞧着我，仿佛可以用我知不知道这个名字来衡量我的综合教育水平。“亚力山大·科罗夫博士。”

幸运的是，我还不是一脸茫然。准确地说，这名字虽不是如雷贯耳，但我还不至于毫无所知。这是《纽约时报》上经常出现的名字之一，成千上万的人对他们依稀有点印象，因为多年来我们经常在《纽约时报》上看到这种名字被体面地提及。噢，这名字可能没有“莱昂内尔·特里林[2]”或“莱

① 二者都是美国五六十年代好莱坞著名影星。

② 莱昂内尔·特里林：Lionel Trilling（1905—1975），犹太裔美国人，文学批评家、作家、教师。

因霍尔德·尼布尔[1]"那样的影响力,但基本在同一水平线上;你可能将它与"亨廷顿·哈特福[2]"或"莱斯里·R.格罗夫斯[3]"归为一类,比"纽博尔德·莫里斯[4]"的知名度稍高一两个档次。

"你说的那人,"我说。"是研究那什么儿童压力的人吗?"

伯尼朝我庄重地点点头,原谅了我的粗鄙,再次正确重复了一遍这个名字。"我是说亚力山大·科罗夫博士,杰出的儿童心理学家。"

你瞧,早在科罗夫博士成名前,他曾是布朗克斯区一所小学的老师,正是两个最顽皮、可爱的淘气包伯尼·西维尔和那个电影明星威德·什么的老师。他一直温和地关注着这两个年轻人,如果能凭他在出版界的影响促成他们的计划,还有什么能比这更令他开心呢。看起来,他们三人已是万事俱备,现在缺的是最终要素,最捉摸不定的催化剂:执行这项工作的最佳作家。

---

① 莱因霍尔德·尼布尔:Reinhold Niebuhr(1892—1971),二十世纪美国最有影响的基督教神学家。

② 亨廷顿·哈特福:Huntington Hartford,美国金融家,也是艺术赞助商。

③ 莱斯里·R.格罗夫斯:Leslie R. Groves:美国陆军中将,第二次世界大战期间是美国制造首批原子弹计划(即曼哈顿计划)的总负责人,美国向日本广岛和长崎投掷原子弹的主要策划者之一。

④ 纽博尔德·莫里斯:Newbold Morris(1902—1966),美国政治家、律师、纽约市议会议长,曾两次被提名为纽约市市长竞选人。

“鲍勃，”伯尼说，“跟你说实话吧。我找了一个又一个的作家来写，他们都不合适。有时候，我几乎不相信自己的判断了；我把他们写的东西拿给科罗夫博士看，他摇头，说，‘伯尼，再试试。’

“你看，鲍勃，”他坐在椅子上，热切地倾身向前。“这不是什么一时兴起的想法；我不会欺骗谁。这种事像是建筑。曼莱、科罗夫博士和我自己——我们在建造这东西。噢，别担心，鲍勃，我知道——什么，我看上去有那么傻吗？——我知道他们建筑的方式和我的不一样。不过，凭什么他们就该和我的一样呢？一个电影明星？一个知名学者和作家？你以为他们没有自己的可建之物吗？你以为他们没有比这更重要的事做吗？当然有。但是鲍勃，说实话，他们有兴趣。我可以给你看他们的信，我可以告诉你他们好多次带着老婆坐在这间屋子里，我可以告诉你有多少次曼莱一个人在这里。我们连续几小时讨论不休。他们都很感兴趣，这你不用担心。所以你明白我跟你说的了吗，鲍勃？说实话，这事就是种建筑活动。”他开始慢慢比划着建筑的手势，两手从地毯开始，把一块块看不见的木板垒在那里，直到把它们砌成一座他的名利之楼，我们的金钱和自由之楼，高到齐眉。

我说听上去当然不错，但如果他不介意，我更想知道每个故事马上能付多少钱。

“现在我要告诉你这个答案，”他说。他又去壁橱那里——像书桌的某部分——从纸堆里清拣出一张个人支票。“我不仅要告诉你,”他说。“还要给你看。够公平吧？这是我给上个作家的。拿着,看看吧。”

这是张作废的支票,上面写着伯纳德·西维尔见票即付给某人金额二十五美元整。“读一下!”他坚持道,仿佛那张支票本身就是一篇不同凡响的散文作品。他看着我把支票翻过来,看着反面那个人的背书,这是在伯尼自己那模糊不清的签名下的某个签名,这是关于提前支付全部金额的,还有银行的橡皮图章。“你看还行吗?”他问道。“就这么说定了。现在清楚了吗?”

我想一切都很清楚了,所以我把支票还给他,问他现在是否可以给我看看那些卡片,不论怎样,我们最好马上开始。

“等一下,等一下！先别忙。”他的脸笑开了花。“你知道吗,你真是急性子,鲍勃？我是说我喜欢你这样的,但你不觉得我该对走到这儿向我要支票,自称作家的人有点了解吗？不错,我知道你是个新闻人,但我知道你是作家吗？为什么不把你膝盖上的东西给我看看呢?”

这是个淡黄色牛皮纸信封,里面装着复印的两个短篇小说,这是我这一生中写过的唯一拿得出手的两个短篇。

“啊,”我说。“没问题。给你。当然这与你说的那种——风格完全不同。”

“不要紧,不要紧。它们当然不同,”他说,打开信封。

"你放松点,我来看看。"

"我的意思是,它们是那种非常——嗯,纯文学的,我想该这么说。我觉得它们不能让你真正了解我的——"

"我说了,别紧张。"

他从运动衫的口袋里取出无框眼镜,身子往后靠着费力地戴上眼镜,皱着眉头,开始看起来,用了很长时间才看完第一篇小说的第一页。我看着他,心想这可能是我文学生涯的最低谷了。天啊,一个出租车司机!终于,第一页翻了过去,接着,第二页却很快翻了过去,明显看得出是跳过去的。接着,第三页、第四页——一共有十二或十四页的小说——我紧紧握着温暖的空姜汁汽水杯,仿佛做好准备随时缩回手,将杯子狠狠砸向他的脑袋。

刚开始时,他微微点头,不太坚定,越往后看,头点得越来越肯定,这样一直看到最后。看完后,他满脸迷惑,又回过头再看最后一页;然后他放下这篇,拿起第二篇——没有读下去,只是检查一下长度。显然他一个晚上看这么多足够了。最后他取下眼镜,满脸堆笑。

"嗯,很好,"他说。"我不再花时间看那篇了,第一篇就很好。当然,自然,正像你说的,你带来的东西风格完全不同,对我而言有点难——你知道——"他挥挥手,挥去了这个复杂句子的其余部分。"但是我跟你说,鲍勃。不光是读这些小说,我还要问你几个关于写作的问题。例如,"他闭上眼睛,指尖优雅地碰了碰眼皮，陷入思考，也许为了加重他下一句话的分量，假装在思考。“例如，让我来问你：假设有人给你写信，说，‘鲍勃，我今天没时间给你写封短信，所以我还是给你写封长信算了。’你知道他们这是什么意思吗？”

别担心，这个晚上我发挥得好极了。我可不想不做努力就让这二十五美元从我手中溜走；无论我的答案是多么严肃的胡说八道，毫无疑问在他脑海里留下了这样的印象：这位来应聘的写手知道浓缩文章的困难与价值。不管怎样，他看上去很满意。

“好。现在我们换个角度。我刚才提到了‘建筑’；嗯，你看，你知道写小说也是种建造什么的吗？就像建座房子？”他很满意自己创造的这个比喻，甚至等不及接受我奖给他的、认真的点头赞许。“我是说一栋房子得有屋顶，但如果你先建屋顶就麻烦了，是不是？在你建屋顶前，你得砌好墙。在你砌墙前，你得打好地基——我的意思是从头至尾。在你打好地基前，你还得用推土机平整土地，在正确的地点挖合适的坑。对不对？”

我完全同意他的说法，可他还是忽视了我全神贯注的恭维目光。他用手背蹭了蹭鼻梁；然后又洋洋得意地转向我。

“那好，假设你为自己建造一座那样的房子。那会怎样？当房子建好后，你问自己的第一个问题会是什么？”

我看得出他才不在乎我含糊不清的声音有没有答出这个

问题。他知道问题是什么,他迫不及待要告诉我。

“窗户在哪儿?”他摊开双手,迫切地问。“就是这个问题。光线从哪儿照进来?你明白我说的光线从哪儿照进来是什么意思,对吗,鲍勃?我是说小说的观点;文中蕴含的真理;还有——”

“启示之类的,”我说,他用力地、快乐地弹了个响指,停止了对第三个名词的继续搜寻。

“是它。就是它,鲍勃。你说对了。”

就这么定了。我们又喝了杯姜汁汽水,敲定了。他用拇指翻拨着那堆思路卡片,想找一张做我的测试作业。他选的一次“经历”是伯尼·西维尔在出租车里挽救了一对神经质夫妇的婚姻,他只是在那对夫妇争吵时,通过后视镜打量他们,说了几句仔细斟酌过的话。至少,大意如此。实际上卡片上是这样写的:

> (在帕克大道)有钱人和妻子在车里开始争吵,情绪十分沮丧,女士开始叫着要离婚。我从后视镜里看着他们,我说了几句,不久我们都笑了。关于婚姻的小说等。

但伯尼对我很有信心,认为我有能力把它写出来。

在过道上,他小心翼翼地从衣橱里取出我的防雨风衣,帮我穿上。这会儿我可以不急不忙地看看那些一战时的照片——长长一列，都是用镜框框住的泛黄快照，里面的男人全都在笑，彼此胳膊挽着胳膊。中间一张是阅兵场上的孤独号手，远处是灰蒙蒙的兵营，一面旗帜高高飘扬。这可能是某本旧《美国军团杂志》的封面照，标题写的像是“职责”——优秀的军人，立正的身影挺拔笔直，连同他嘴上简单、嘹亮的长号一起，十足的男子气概，如果金星母亲们[①]看到一定会热泪盈眶。

“我看你挺喜欢我那个小伙子，”伯尼怜爱地说。“我打赌你猜不出现在那个小伙子是谁了。”

威德·曼莱？亚历山大·科罗夫博士？莱昂内尔·特里林？可我想我真的知道，甚至在瞥见他得意的红脸之前就知道了，那个小伙子就是伯尼自己。也许听上去有点傻，我得说当时我真的敬佩他，虽不多，却真诚。“哦，我简直不敢相信，伯尼。你看上去——你看起来神气极了。”

“总之，那时候瘦多了，”他说着，拍拍自己皮光肉滑的大肚子，送我到门口。我记得我低下头盯着他那张愚蠢而松弛的大脸，试着在那里寻找照片中号手的影子。

回家的路上，地铁摇摇晃晃，我直打嗝，姜汁汽水的味道泛上来，我越来越清醒地意识到作家写几千字挣二十五美元

---

① 金星母亲：一战结束后，美国成立了一个金星母亲俱乐部，该组织为在战争中失去子女的母亲们提供帮助。

也不错了，有些作家混得比这差多了呢。二十五美元几乎是我在国内公司债券、偿债基金债券上耗去的四十个悲惨小时所挣的一半；如果伯尼喜欢这第一篇的话，如果我可以每周给他写一篇的话，就意味着收入将增加百分之五十。七十九美元一周！如果有那么一笔收入，再加上琼当秘书每周挣的四十六元，根本用不了多久我们就可以去巴黎（也许我们在那里碰不上格特鲁德·斯泰因[①]或埃兹拉·庞德[②]这样的人，也许我写不出《太阳照常升起》，但对我的海明威计划而言，最初的自我放逐是必不可少的）。而且，这可能十分有意思——至少告诉别人这个可能十分有趣：我将成为出租车司机的雇佣文人，建筑工的建筑工。

不管如何，那个晚上我沿着西十二街一路跑回家，如果我没有大声笑着、叫着打断琼的说话，没有围着她扮小丑，那不过是我强迫自己靠着楼下的邮箱站了好一会，好让自己呼吸

① 格特鲁德·斯泰因：Gertrude Stein（1874—1946），生于匹兹堡一个富裕的德国犹太人家庭，曾在加州、欧洲、莱德克利夫女校（与哈佛为邻）及巴尔的摩城约翰霍金斯大学读书。1902 年定居巴黎。她在巴黎创立了一个有名的沙龙，并不断写作。所著有《地理与戏剧》（Geography and Plays，1922）；小说《露西高兴做礼拜》（Lucy Church Amiably，1930）；《三幕剧中四圣人》（Four Saints in Three Acts，1934），为汤姆森乐谱所写的歌剧脚本，《毕加索》（Picasso，1938）；《法国巴黎》（Paris France，1940）；和《我见过的战争》（Wars I Have Seen，1945）。

② 埃兹拉·庞德：Ezra Pound（1885—1972），美国诗人，他的诗作对现代文学的发展产生了深远影响，对 T. S. 艾略特、詹姆斯·乔依斯和海明威等作家影响重大。

平稳，让自己变得文雅、幽默，我打算用这样的表情告诉她这件事情。

“好了，可你觉得是谁来付这笔钱呢？”她问道。“他不可能自己掏腰包的，那会是谁？一个出租车司机可付不起二十五块钱一周，不管持续多长时间，是不是？”

这事我可没想过——只有她这样的人才会提出这样致命的逻辑问题——但我那可笑的浪漫念头占了上风，让她别管这问题。“谁知道？见鬼，谁又会关心？也许是威德·曼莱出钱。也许是什么博士出钱。问题是，反正有人掏钱。”

“好了，”她说，“那么，好吧。你觉得写这样一个故事得花多少时间？”

“噢，见鬼，根本用不了多久。周末我只要花两三个小时就可以把它打发掉。”

可我没能做到。整个周六下午和晚上，我写了一个又一个不成功的开头；我沉溺于那对吵嘴夫妇的对话上，从理论上说，我无法确定伯尼从后视镜中能看到多少，也怀疑在那种场合下，不管出租车司机能说出什么道理来，那个男人竟没有叫他住嘴，吩咐他只管看路开车。

到星期天下午，我走来走去，折断铅笔，把它们扔进废纸篓，嘴里吼着见鬼去吧；让一切都见鬼去吧；显然，我甚至没法做一个该死的白痴笨蛋出租车司机的该死的捉刀人。

“你努力过了头，”琼说。“噢，我知道会这样的。你太文绉绉，别人受不了，鲍勃。这太可笑了。你只要想想你读过或听过的那些让人伤感掉泪的东西。想想欧文·伯林[1]。”

我对她说，别管我，如果她还不做自己该死的事去，我马上就把她的欧文·伯林塞进她嘴里。

但那个晚上，正如欧文·伯林自己曾说的，某种奇妙之事发生了。我编完了那个假故事，我建完了它。首先，我推平了土地，挖了个坑，为自己打好了地基；接着，我搬来木材，砰，砰、砰——墙砌起来了，屋顶也搭好了，可爱的小烟囱也竖在顶上。噢，我也建了好多窗户——大大的、方正的窗户——光线可以照进来，没有一丝阴影，阳光下的伯尼·西维尔是最聪明、最温柔、最勇敢和最可爱的人，是那种老是说“伙计们”的人。

“写得太好了，”琼在吃早餐时跟我说，她读完了那篇东西。“噢，写得棒极了，鲍勃。我敢肯定这正是他想要的那种东西。”

确实如此。我忘不了伯尼坐在那里，一手端着姜汁汽水，一手拿着我那篇稿子读着，手还有点颤抖，在我为他建造的小房间里探索着所有感人而恰到好处的奇迹。我现在还敢打赌，他从没有读过那样的文章。我看着他一扇窗户一扇窗户地探索，看着他的脸在它们的光芒照耀下神圣之极。读完后，

① 欧文·伯林：Irving Berlin（1888—1989），美国词曲作家。

他站了起来——我们都站了起来——他握着我的手。

"美极了,"他说。"鲍勃,我一开始就有种预感,你能写好,但说实话,我没想到你写得这么好。现在你心里可能想要支票,可我告诉你。我不开什么支票了,我要直接付你现金。"

他从出租车司机那牢靠的黑色钱夹里,摸索出一张五美元的钞票,放到我手上。显然他想隆重地把钞票一张一张放到我手里,弄得像个仪式,因此我站在那里低头笑着,等着下一张钞票;我站在那里,摊开着手,抬起头,看见他把钱夹收起来了。

才五块钱!直到现在我还希望我能冲着他咆哮,至少我要语中含怒,把那揪心的愤怒表达出来——这可以省却以后多少麻烦——可当时我只是低声下气地问:"五块钱?"

"对!"他脚跟着地快活地向后晃了一下。

"好了,可是伯尼,我说当初我们是怎么定的?我意思是,你给我看的那张支票,我——"

他慢慢收回了笑容,脸上露出惊讶和受伤的表情,仿佛我朝他脸上啐了口唾沫。"噢,鲍勃,"他说。"鲍勃,这是什么?看看,我们别再捉迷藏了。我知道我给你看过那张支票;我还可以再给你看一次。"他气得运动衫的折痕处都一起一伏,一副义愤填膺的样子,走到壁橱那儿一通翻腾,把支票找出来。

还是那张支票,没错。金额还是二十五美元整;但是背面在那人签名之上,伯尼皱巴巴的签名连同银行橡皮图章一起,现在都他妈的一清二楚。当然,上面写着:"提前支付五篇文章的全部金额。”

所以我并没有被打劫——也许，只是被骗而已——现在恶心的姜汁汽水让我觉得自己像个傻瓜，我敢肯定这种感觉欧内斯特·海明威在他一生中可能从没体会过。

“我对不对，鲍勃？”他问道。“我对不对？”他让我再坐下，尽量微笑着跟我解释。我怎么可能以为他说的是一篇二十五美元呢？难道我不知道出租车司机拿回家的是什么样的钱？噢，某些自己有车的出租车司机可能是另一番景象；但你们这些普通的出租车司机？你们这些出租汽车公司的司机？一周只能挣个四十或四十五，如果运气好的话，可以挣个五十块。即使像他自己，没有孩子，老婆在电话公司上整班，也不容易。如果我不信，尽管找个出租车司机去问；日子真不好过。“我是说，难道你觉得还有谁会为这样的文章买单呢？你会吗？你会吗？”他不可思议地看着我，几乎要笑起来，好似在说，如果有这样的想法，那我准是昨天才来到这个世上的。

“鲍勃，我对这个误会感到很抱歉，”他送我到门口时说，“但是我高兴的是我们现在把它说清楚了。因为说真的，你写得真好，我有种感觉我们会成功的。实话跟你说，鲍勃，这周晚些时候我会再联系你的，好吗？”

我记得我是多么鄙视自己，因为我竟没有勇气说声别再费神了，我只是在向门口走去时，甩掉他慈爱地搭在我脖子上的沉重的手。在过道里，又一次面对那个年轻号手，我突然有种不安的想法，我可以预料到接下来我们会说些什么。我会说："伯尼，你以前在军队里真是号手吗？还是只为了拍那张照？"

而他则不会有丝毫羞愧，单纯的笑容里也不会有任何变化，他会说："只是为了照张相而已。"

更糟的是：我知道头戴宽檐帽的号手会转过身，照片里精神抖擞的形象会慢慢松垮下来，从小号口上扭过脸去，那无声的、没有才华的两片嘴唇从来屁都吹不出一个。我知道它会装作没看见我，所以我没有冒这个险。我只说："再见，伯尼。"然后我就离开那该死的地方，回家了。

琼对这个消息的反应出奇地平和。我不是说她在这事上对我"很体贴"，如果是那样的话，在那晚那种心情下，她的"体贴"几乎能杀死我；我是说，她对伯尼太宽容。

贫穷、失落、勇敢的小男人，做着黄粱美梦——那类事。我能想象得出这些年他花了多少钱吗？有多少辛苦赚来的钱可怜就这样掉进了二流、三流甚至十流作家的无底洞里去了？他又多么幸运，用张自己伪造的作废支票，终于钓到了个一流作家。多么感人，多么"甜蜜"啊，他说"我要直接付你现金"时，已经知道我与那些作家的差别了。

"好了，看在上帝的分上，"我对她说，谢天谢地，总算有一次我比她想问题更实际。"看在上帝的分上，你知道他为什么给我现金吗？你知道吗？因为他打算下个礼拜就把这个故事卖给该死的《读者文摘》，卖十五万美元，因为如果我有支票的复印件，就可以证明是我写的，他就有麻烦了，这就是为什么他直接付我现金。”

“你愿意打赌吗？”她看着我问道，既同情我又为我自豪的表情真是可爱而难忘。“你愿意打赌如果他把这篇小说卖给《读者文摘》或什么别的地方，他还会坚持付你一半吗？”

“是鲍勃·普林提斯吗？”三天后，电话里传来愉快的声音。“我是伯尼·西维尔。鲍勃，我刚从亚历山大·科罗夫博士家回来。我不想告诉你他跟都我说了什么，但我要告诉你，亚历山大·科罗夫博士认为你棒极了。”

无论我对此如何回答——“他真的这样说吗？”或者“你是说他真的喜欢那故事？”——都有点不好意思，也能够立即把琼吸引到我身边来，我现在还记得她一脸笑容，扯着我的衬衣袖子，好像在说，看吧——我跟你说什么来着？我只好把她推到一边，摆手让她安静点，我好继续跟伯尼说话。

“他想把这篇小说给他在出版界的几个朋友看看，”伯尼说，“他还想让我再印一份寄给西海岸的曼莱。所以听着，鲍勃，我们一边等着看这篇小说能怎么样，同时我还想再给你几篇作业。或者等等——听着。”新想法让他的嗓音浑厚低沉。“听着，也许你自己写会更舒服。你愿不愿意那样做？你愿不愿意跳过这些卡片，发挥自己的想象力？”

雨夜，曼哈顿上西区，两个混混钻进了伯尼·西维尔的出租车。粗眼瞧上去,他们可能跟普通乘客没什么两样,但伯尼一下就认了出来,因为“拿我来说,在曼哈顿的街道上开了二十二年出租车,多少有一手”。

当然,两人中一个是典型惯犯,另一个是有点受惊的男孩,可以说“只是个小阿飞”。

“我不喜欢他们说话的方式,”伯尼通过我告诉他的读者,“我不喜欢他们给我的地址——曼哈顿最低级的夜总会——最糟糕的是,我不喜欢他们坐我的出租车。”

那么你知道他会怎么做吗?噢,别着急,他没有停车,没有绕过去,没有把他们从车后座拖出来,没有挨个朝他们胯下踢去——根本没有《载客中》里的胡说八道。首先,从他们的对话中看出他们并不是在逃亡;至少不是在今晚。今晚他们去那个下等小酒馆踩点(就是他们上车那里靠街角的小酒店),明晚十一点才动手。不管怎样,当他们到那个夜总会时,惯犯给小阿飞一些钱,“给,伙计。你就坐这辆车回家,好好睡一觉。明天见。”就在那当口,伯尼知道他得行动了。

“那个小阿飞住在皇后区附近,这让我们有充足的时间谈话,所以我问他喜欢国家棒球联盟①冠军队中的哪个球员。”从那时开始,伯尼运用完美沟通技巧,还有代代相传的大道

① 国家棒球联盟:National League,美国职业棒球组织之一,简称国联(NL),成立于1876年。

理，一直和那个男孩聊着，他们谈健康、干净的生活，谈阳光、牛奶之类的话题，车还没驶上皇后区大桥，他已开始把那男孩从犯罪深渊里拖出来。当他们在皇后大道上疾驰时，好似一对热衷于警察体育联盟[1]的人在争论不休，到达目的地时，伯尼的乘客已泪流满面了。

“我看到他付钱的时候，咽了几口唾沫，”这是我为伯尼加上的说话方式，“我能感觉到这孩子身上有什么变了。我对此抱有希望，不管怎样，也许只是个心愿罢了。我知道我为他尽全力了。”回到市里，伯尼打电话给警察局，建议他们第二天晚上在那个小酒馆附近安排点人手。

千真万确，确实有人试图抢劫那家小酒店，只不过被两个强壮可爱的警察给挫败了。也是千真万确，只有一个混混被抓进监狱——就是那个惯犯。“我不知道那晚那个男孩去哪里了，”伯尼最后说，“但我情愿相信他在家里，躺在床上，喝着牛奶，读体育专栏。”

这里有屋顶，上面有烟囱；有窗户，光线照得进来；这又是一篇让亚历山大·科罗夫博士哈哈大笑的文章，又一篇可以向《读者文摘》投稿的文章；又一次机会的暗示：可以和西蒙舒斯特公司[2]签订出版合同，由威德·曼莱主演制作成本三

---

① 警察体育联盟：Police Atheletic League，专为孩子们办的体育活动中心，其缩写为 PAL，有好伙伴之意。

② 西蒙舒斯特公司：Simon & Schuster，INC，1924 年成立的一家大型出版机构。

百万美元的电影;还有寄给我的又一个五美元。

一天,在五十九街与第三大道交汇处,一位虚弱的小个子老绅士坐在出租车里哭了起来,伯尼说:“先生,我能为您做点什么吗?”接着我花了两页半纸写了我所能想象出来的最让人心碎、最不幸的故事。他是个鳏夫;唯一的女儿很久前就嫁人并搬到密歇根州的弗林特去了;二十二年来他过着孤独痛苦的生活,可他都勇敢地活过来了,因为他有一份他热爱的工作——在一家大型商业花房里照料天竺葵。可是这个上午,管理人员通知他,他必须走人:他太老了,不再适合这工作。

“就在那时,”据伯尼·西维尔所说,“我才将他说的一切与他给我的地址联系起来——布鲁克林大桥靠曼哈顿侧的一个僻静处。”

当然,伯尼不太肯定,他的乘客是不是准备蹒跚着走到大桥中央,抬起那把老骨头,越过大桥栏杆一了百了;但他也不敢冒险。“我想这时我该说点什么”(对此伯尼的感觉是对的:若此处老人索然无味的哭诉再花去大半页纸,这个故事从地基处就会脱节断裂)。接下来是轻松活泼的一页,有一半的对话都是伯尼小心翼翼地问老人,为什么他不去密歇根跟女儿住在一起,或者至少可以给她写封信,这样她会邀请他过去住的;但是,噢,不,他一心想的只是不要成为女儿一家的负担。

"负担?"我说,说话的神态仿佛我不知道他是什么意思似的。"负担? 像您这样和蔼的绅士怎么可能成为任何人的负担?"

"可是我还能做什么呢? 我能给他们什么呢?"

"当他这样问我时,幸好我们停在那里等红灯,所以我转过身来,直盯着他的眼睛。'先生,'我说,'难道您不觉得家里有人多少懂点天竺葵的栽培也不错吗?'"

好了,当他们到达大桥时,老人已决定在自动售货机处下车,因为他说想喝杯茶,该死的墙就砌到此吧。屋顶是这样的:六个月后,伯尼收到一个小小的,但很重的包裹,上面盖着密歇根州弗林特的邮戳,收信地址是他所在的出租车车队。你知道那包裹里是什么吗? 你当然知道。天竺葵盆栽。这里还有烟囱:里面还有张便条,老人细长的笔迹在上面简单写着:"谢谢你。"我在故事里也是这么描述的。

从我个人来说,我挺讨厌这一篇,琼对它也没把握;可不管怎样,我们还是寄出去了,伯尼很爱这个故事。而且,他在电话里说,他妻子罗丝也喜欢这故事。

"鲍勃,我想起来,我打电话还有一件事;罗丝要我问问你,晚上你和你太太能不能到我家来小聚一下。没什么特别的,只有我们四个,喝点东西,聊聊天而已。你们愿意来吗?"

"哦,你们真是太好了,伯尼,我们当然愿意。只不过太突然了,我不知道我们能不能安排——等等。”我捂住话筒,与琼紧急商量了一下,希望她给我提供个说得过去的借口。

可是她想去,她想当晚就去,所以我们四人就凑在一起了。

“哦,好啊,”当我挂上电话,她说道。“我很高兴我们要去。他们听上去真是好人。”

“好了,你听着。”我食指直指着她的脸。“如果你打算坐在那里,让他们都觉得自己有‘多可爱’,那我们就不去了。我可不想耗上整晚的时间去充当慷慨大方的女慈善家的陪伴,坐在低等人中间,就这么着。如果你想把这事变成什么本宁顿姑娘们[①]为仆人们准备的游园会,你还是立即忘了这事吧。你听到了吗?”

接着,她问我想不想知道一件事,不等我说想不想,她就告诉我。她对我说,我是她这一生中遇到过的最大的势利鬼、最大的恶棍、彻头彻尾的大嗓门怪物。

那之后一事连着一事;我们坐地铁去与西尔维夫妇小聚时,我们俩几乎没有任何交谈。我无法告诉你后来我发现西尔维夫妇自己喝姜汁汽水,却为他们的客人准备了一瓶黑麦威士忌时,我有多么感激。

---

① 美国诗人、评论家凯思琳·诺里斯在《本宁顿的处女》一书里写道,“本宁顿姑娘们暗指那种爱夸耀自己具有艺术气质、放荡不羁、性生活开放、声名不佳的女人。”

伯尼的妻子是个风风火火的女人，穿着细高跟鞋，束着腰带，头上别着发卡，她那电话公司接线员的标准声音优雅得体，但却冷冰冰的（“你好，真高兴认识你们；请进；请坐；伯尼，帮帮她，她的外套脱不下来”）；天知道是谁开的头，也不知道为什么，但那晚从让人不快的政治讨论开始。琼和我对杜鲁门、华莱士的意见不一，所以那年我们压根就没投票；西维尔夫妇都是杜威[1]的信徒。更糟糕的是，由于从感情上说我俩是温和的自由派，罗丝为了寻找共同点，特意说了好几个悲惨的故事，每个故事都是关于布朗克斯区有色人种、波多黎各人残忍而凶狠的侵犯，还刻意描绘，令人不寒而栗。

但没过多久情况就好转了。首先他们都很喜欢琼——我得承认我还没遇到过谁不喜欢她的——其次，过了片刻，话题就转到他们认识威德·曼莱这不可思议的事上来。这又引起了一系列骄傲的回忆。“伯尼从没向他要过什么，可是别担心，”罗丝向我们保证。“伯尼，告诉他们那次他在这里，你让他坐下，要他闭嘴，你是怎么做的。他真的那样做了！真的！他就那样朝他胸口推了一把——朝这个电影明星！他说，‘啊，给我坐下，闭嘴，曼莱。我们知道你是谁！’告诉他们呀，伯尼。”

---

① 约翰·杜威：John Dewey（1859—1952），美国著名哲学家、教育家，实用主义哲学的创始人之一，功能心理学的先驱，美国进步主义教育运动的代表。

伯尼呢，快活得直不起腰来，站起来重演那场景。“噢，你知道，我们就坐在那里说笑着，”他说，“但不管怎样，我真那样做了。我就像那样推了他一把，我说，‘啊，给我坐下，闭嘴，曼莱。我们知道你是谁！’”

“他做了！老天知道！把他往那边那把椅子上一推！威德·曼莱！”

没多久，我和伯尼坐到一起，饮料让我们精神振奋，开始了男人间的聊天。罗丝和琼则舒服地窝在双人沙发上，罗丝狡狯地看着我。“我不想让你丈夫自我膨胀，琼妮[①]，但你知道科罗夫博士跟伯尼说什么吗？伯尼，我能告诉她吗？”

“当然，跟她说！跟她说！”伯尼一手挥着姜汁酒瓶，另一只手抓着威士忌酒瓶，意思是今晚一切秘密都可公之于众。

“好吧，”她说。“科罗夫博士说你丈夫是伯尼遇到的最棒的作家。”

后来，我和伯尼挪到双人沙发上，女士们到壁橱那边去了，我开始意识到罗丝也是个建筑工人。也许她没有亲手建这个壁橱，可买这个几百美元的壁橱得分期付款，在内心说服自己买下它所付出的努力显然比自己亲手做一个还多。那样的家具可是对未来的投资；现在，她一边跟琼说话，一边小心抚弄它，这里擦擦那里抹抹。我敢发誓，我知道她脑子里正在

---

① 琼的昵称。

琢磨以后的一场聚会。不用说琼和我也会置身其中（“这是罗伯特·普林提斯先生，我丈夫的助手，普林提斯先生”），其余客人的名单也可以提前确定：威德·曼莱和他妻子，当然，还有他们精心挑选的好莱坞朋友；沃特·温彻尔也会在那里，还有厄尔·威尔逊和图茨·绍尔及他们那群人；但更重要的是，还有那些文人雅士们，如亚历山大·科罗夫博士夫妇，以及他们这圈子里某些人也可能会出席。像莱昂内尔·特里林们、莱因霍尔德·尼布尔们、亨廷顿·哈特福们和莱斯里·R·格罗夫斯们那样的人——如果纽博尔德·莫里斯先生夫人那样的人想来，你尽可以想象他们为了获得邀请得玩多少花招。

琼后来也承认那天晚上西维尔家里有点闷热；我现在说这个是为我自己后来做的事找个像样的借口——1948 年时我很容易喝醉，现在好多了，相信我——我当时喝得酩酊大醉。不久我不但是唯一大吼大叫的人，而且也是房间内唯一说话的人；看在老天的分上，那时我正在给他们解释说我们四个都是百万富翁。

难道我们没有跳舞吗？噢，我们一直把莱昂内尔·特里林打得团团转，把他推到房间里的每一把椅子里——“还有你，莱因霍尔德·尼布尔，你这狂妄、伪善的老傻瓜！你的钱到哪去了？为什么不拿点出来看看？”

伯尼咯咯直笑，看上去有点困了，琼因为我感到十分难堪，罗丝在一旁冷冷笑着，绝对理解丈夫们有时会有多烦人。

我们站在过道上，每人至少往身上套了半打衣服，我又看到那张号手照片，心里想自己敢不敢把那烫手的问题提出来。可是这次我不敢肯定哪个答案让我更害怕：伯尼可能说，“就是照张相而已，”他也可能会说，“那当然是我！”然后走到衣橱或壁橱那里，翻腾一阵，找出那把生锈的军号，我们四个只能又走回去坐下，伯尼并拢双脚脚跟，绷直身体，为我们吹出纯洁忧伤的音乐。

那时是十月。我记不清那年秋天到底写了多少篇署名“作者伯尼·西维尔”的故事。我确实记得写过一个充满喜剧色彩的故事。有位胖胖的乘客，想更好地看街景风光，从出租车的天窗里探出身子，结果腰给卡住了。还有个很严肃的故事，伯尼就种族宽容长篇阔论了一番（我一想起在布朗克斯区棕色人种数量增加这个问题上他与罗丝总是夫唱妇随，多少有点酸溜溜的）；我记得那段日子，只要提到他，我和琼就会吵嘴。

比如，琼说我们真的应该回请一下他们，我对她说别犯傻了。我说我敢打赌他们不会指望我们回请的，她问：“为什么？”我干脆不耐烦地简单说，我们之间层次上的差别无法逾越，假装西维尔夫妇能真正成为我们的朋友，或假装他们真的想与我们交朋友都是徒劳。

还有一次，一个无聊之极的傍晚，我们去婚前最喜爱的餐厅吃饭，几乎有一个小时我们竟找不到任何可说的话题。琼努力想找点话说，不冷场，于是举起葡萄酒杯，十分浪漫地隔着餐桌靠向我，“为伯尼这次把你的小说卖给《读者文摘》干杯。”

“是啊，”我说。“没错，这可是笔大买卖。”

“噢，别那么粗鲁。你明知道总有一天会成真的。我们就会挣上一大笔钱，去欧洲，想干什么就干什么。”

“你开什么玩笑？”她的话突然让我很恼火，一个二十世纪受过良好教育的聪慧姑娘怎能如此容易上当受骗，这样一个女孩竟然是我妻子，我竟然同这种头脑简单、无知的人生活了这么多年，还将继续生活下去，这情形，在那一刻似乎有点难以接受。“你怎么就不能长大一点呢？你不会真的以为他有机会卖掉那堆垃圾吧，你会吗？”我看她的眼神一定与那晚伯尼看我的眼神有点像，那晚他问我不会真的以为是二十五美元一次时，他也说：“你会吗？”

“是的，我会，”她说，把手里的酒杯放下。“至少，我相信。我以为你也相信。不然，继续为他干活不是有点可笑、有点虚伪吗，是不是？”回家的路上她没有再同我说话。

我想，真正的麻烦在于我们那时被两件更为严重的事情纠缠住了。一是我们刚刚发现琼怀孕了，另一件事是我在合众国际社的工作像偿债基金债券一样岌岌可危。

我在财经新闻科上班成了慢性折磨，等着上司慢慢发现原来我对自己所干的活一无所知；无论现在我如何可怜地想要学习本应掌握的知识，再如何虚心求教也为时已晚，有点可笑了。我整天弓着腰趴在咔嗒作响的打字机上，腰弯得越来越低，担心被炒而冷汗直流——助理财经主编的手和蔼而伤感地搭在我肩上（“我能跟你简单谈几句吗，鲍勃？”）——每天这事儿没发生对我来说就是种可卑的胜利。

十二月初的一天，我从地铁出来往家走，像个七十岁的老头拖着自己的身子朝西十二街走下去。我发现一辆出租车像蜗牛般在我身边慢慢爬行，跟着我走了一个街区。这是辆绿白相间的车，挡风玻璃后我看到一张巨大的笑脸。

“鲍勃！怎么回事，鲍勃？看你失魂落魄的，你住这儿吗？”

他把车停在路边，走出来，我这还是第一次看到他穿工作服的样子：一顶棒球长舌帽，带纽扣的套头衫，腰上挂着个圆筒零钱包；我们握手时，我第一次看到他的指尖因白天黑夜地收钱找钱变得灰亮灰亮的。走近看，不管他笑与不笑，看上去跟我一样疲惫不堪。

“请进，伯尼。”看到破败的入口、肮脏的楼道，刷着白灰、贴着海报的墙壁，简陋的大单间，租金可能还不及他和罗丝在上城区房屋租金的一半，这让他有点吃惊。我记得让他发现我家如此简陋反令我有一种波希米亚式的骄傲；我猜我有种自命不凡的想法，让伯尼·西维尔明白人们会贫穷与聪明兼而有之，对他不会有什么伤害。

我们可没能力为他端上姜汁汽水，他说一杯白水就好，因此这算不上什么正式的社交场合。后来让我不安的是，我记得他和琼之间是多么拘谨——我觉得整个拜访期间他都没正眼看过琼——我在想也许是因为我们没有回请他们。有些事情大家总觉得不该是丈夫的错，可如果真是丈夫错了，妻子十有八九要背黑锅。这是为什么呢？也许伯尼只是觉得穿着出租车司机的制服出现在她面前很不好意思，在我面前还好一点。也许他没想到这样一个美丽、有教养的姑娘会住在如此凄惨的环境里，因而局促不安。

“我告诉你我为什么今天来你这儿，鲍勃。我想换个新角度。”他说话时，我从他眼睛而不是他的话语里，看到我们这个长期建筑计划可能出了什么大问题。也许科罗夫博士出版界的朋友最终说了实话，我们那些可怜的故事出版希望渺茫；也许科罗夫博士自己变得脾气暴躁；也许从威德·曼莱那里传来的消息令人沮丧；或者更令人受打击的是从威德·曼莱的经纪人那里传来的消息；再或者仅仅是伯尼自己每天在那般劳累后一杯白水都没得喝，他十分疲劳，可不管怎样，他想换个新角度。

我可曾听说过文森特·J. 波勒第？不过他说这个名字时，好像很有把握我不会大吃一惊，他立即告诉我以下信息：文森特·J. 波勒第是来自他所住的布朗克斯区的州民主党议员。

“这个人，”他说，“不辞辛苦地帮助别人。相信我，鲍勃，他可不是你眼中那些可鄙的、捞选票的家伙。他是真正的人民公仆。而且，他新加入民主党，打算竞选下一届国会议员。我是这样想的，鲍勃。我们来拍张我的照片——我有个朋友会无偿做这个的——我们从出租车后座上拍，我手握方向盘扭过头来，脸带微笑的样子，像这样，明白吗？”他满脸笑容，转过身，展示给我看照片应该像什么样。“然后我们把这张相片印在小册子的封面上。标题就叫”——这时他手在空中比划着黑体字母——“小册子的标题就叫‘伯尼告诉你’。行不？好。在小册子里面我们有个故事——跟你写的那些故事没什么两样，只是有点小区别。这次我要讲个故事，说明为什么文森特·J.波勒第是我们需要的国会议员。我不是说一堆政治言论，鲍勃。我的意思是真实的小故事。”

“伯尼，我不明白这有什么用。你不能编个故事，来说明为什么有人是我们需要的国会议员。”

“谁说不能？”

“不管怎样，我以为你和罗丝都是共和党人。”

“从整个国家来说，我们是共和党人，但具体到地方上，我们不是。”

“好吧，见鬼，伯尼，我们刚搞完选举。两年内不会再有别的选举了。”

但他只是拍拍他的头,做了个向远处比划的手势,意思是在政治上,人得有点远见。

琼在房间那头的厨房区域,洗早餐的碗碟,准备做晚饭,我望着她向她求救,但她转过身去。

“听上去不合适,伯尼。我对政治一窍不通。”

“那又怎么样?懂?这种东西,谁又懂?你懂开出租车吗?”

不懂;我也一点不懂什么华尔街——华尔街,什么鬼街!——但那是另一个让人沮丧的小故事。“我不知道,伯尼;现在一切都不确定。目前我还是什么活也不接的好。我是说我最近可能会——”但是我无法亲口说出我在合众国际社的工作有麻烦,我只好说,“首先琼有了孩子,每件事都——”

“哇!好啊,那不是太棒了吗!”他腾地站起来,握着我的手。“那——不是——太棒了!祝贺你,鲍勃,我想这是——我想这真是太美好了。祝贺你,琼妮!”我那时觉得这种反应有点过头了,不过也许这种消息很容易打动人到中年膝下无子的男人。

“噢,听着,鲍勃,”当我们重新坐下时,他说。“这个波勒第的事情对你来说不过是小菜一碟;我告诉你吧。既然这事只有一次,也不会有什么版权,我们就不是五块而是十块钱。这买卖怎么样?”

“好吧,但是等等,伯尼。我要更多的材料。我意思是这家伙为人们做了些什么好事?”

我马上就看出来,原来伯尼对波勒第的了解也不会比我多多少。他是个真正的人民公仆,仅此而已;他牺牲自己帮助别人。“噢,鲍勃,听着。这有什么不同?你的想象力跑哪去了?以前你从不需要什么帮助。听着。你跟我说的只是:马上给我一个主题。我在开车;在妇产科医院门前,两个小年轻朝我挥手,年轻的退伍军人和他的妻子。他们的小宝贝刚刚出生,才三天大,他们快活得像云雀。唯一的麻烦在于,这小伙子没有工作,什么都没有。他们刚搬到这里,什么人也不认识,也许他们是波多黎各人或其他什么人。他们的房子只租了一个礼拜,就这样。他们身无分文。所以我带他们回家,他们就住在我家附近,我们一路聊天,我说,‘听着,伙计们。我想带你们去见我的一个朋友。’”

“文森特·J.波勒第议员。”

“当然。只是我没告诉他们他的名字。我只是说:‘我的一个朋友。’当我们到他那里,我走进去,告诉波勒第这事情,他走出来,跟他们聊了几句,给了他们点钱什么的。明白吗?我刚才差不多说了你故事的一大部分了。”

“嘿,等一等,伯尼。”我站起来,夸张地在房间里踱着步,这是好莱坞电影里人们开会时才有的样子。“等一会。在他给他们钱后,他钻进你的出租车,你把他载到大广场车站,那两个波多黎各人站在街边，对望着，那个姑娘说，‘刚才那个男人是谁？’小伙子看上去很严肃，他说，‘亲爱的，难道你不知道？难道你没发现他戴着面具吗？’她说，‘哦，不，不可能是那个——’而小伙子说，‘是的，是的，就是他。亲爱的，就是那个独立国会议员。’听着！你知道接下来发生了什么吗？听着！他们听到街区那边传来这个声音，你知道那声音在喊什么吗？”我单膝哆嗦着跪地，抖出了这个故事的包袱，“那声音在喊着‘嘿，你，伯尼·西维尔——滚开！’”

写出来似乎不太好笑，但那时几乎把我笑死了。我哈哈大笑了至少一分钟，直笑得我剧烈咳嗽，琼只好过来帮我拍背；我慢慢缓过来后，才发现伯尼根本没笑。在我这通发作中，他一脸茫然，礼貌性地打了几个哈哈。这时他低头看着自己的手，本来镇静的脸羞得红一块白一块。我伤到他了。我记得我恨他如此容易受伤；我恨琼又走回厨房，不帮我摆脱这尴尬局面，我也记得我开始觉得很内疚很抱歉了，好长时间房间里死一般寂静，最后我决定接下这活，这是唯一体面的出路。果然，在我告诉他我决定试试时，他马上高兴起来。

“我是说你不一定得用这个波多黎各人的故事，”他让我放心。“那只是一个想法而已。或者你可按那种方式开头，再写点别的事情，越多越好。你用自己喜欢的方式写出来就行。”

站在门口，又是握手（我们好像整个下午都在握手），我说:“就是说,这个故事十元,对吗,伯尼?”

“对,鲍勃。”

“你真的觉得你该告诉他你会这么做吗?”他刚走琼就问我。

“为什么不?”

“好吧,因为实际上已经不可能了,不是吗?”

“瞧,能不能行行好,别再啰里啰嗦?”

她两手叉腰。“我搞不懂你,鲍勃。你为什么说你会写这个故事。”

“你他妈的为什么这么想?因为我们需要那十块钱,这就是为什么。”

最后我建造了——噢,建造,所谓的建造。我花了一页、两页、三页写这架老机器,我写这个狗娘养的。我确实是从那几个波多黎各人开始的,但不知为什么我用不了几页就搞定了他们;然后我只好为文森特·J.波勒第找其他法子来证明他无与伦比的善良。

当一个公务员真的想尽各种法子帮助人们时,他会怎么做呢?给他们钱,他就是那样做的;不久我笔下的波勒第给出去很多钱,多得他都数不清了。现在情况成了这样:在布朗克斯区,不管是谁,只要手头拮据,他只需钻进伯尼·西维尔的出租车,说一句,“去波勒第家”,他们的麻烦就解决了。最糟糕的是我残忍地宣告:我已竭尽全力了。

琼没有看这篇文章，我写完时她已睡了，我直接把它塞进信封，寄了出去。大约有一周时间——伯尼那边没有传来片言只语——或者说在我们两人之间没有任何消息。接着，和他上次来访的时间一样，在一个烦躁劳累的傍晚，我家的门铃响了。我打开门，看见他笑着站在门口，套头衫上有几点雨水，我知道麻烦来了。我也知道我可没打算听任何废话。

“鲍勃，”他坐下来道，“我讨厌这么说，但这次我对你很失望。”他从衣服里抽出卷起来的那份手稿。“这东西——鲍勃，这什么都不是。”

“它有六页半。那可不是什么都不是，伯尼。”

“鲍勃，请不要给我六页半纸。我知道这里有六页半，但它什么都不是。你把这人写成了傻瓜，鲍勃。你让他一直不停地给钱给钱。”

“你告诉我他给钱的，伯尼。”

“关于那些波多黎各人，是我说的，没错，也许他可以给一点钱，好吧。可是你一路下来，你让他到处给钱，像个——像个醉醺醺的水手什么的。”

我以为我会哭出来，但我说话的声音来得很低沉，控制得非常好。“伯尼，我可是问过你他还能做些什么的。我可是告诉过你我不知道他妈的他还会做些什么。如果你还想他做点什么别的，你早该说清楚。”

“可是，鲍勃，”他说，为了强调，他站了起来，他接下来说的话，我后来回忆，好似腓力斯人[1]最后绝望而永恒的哭泣。“鲍勃，你才是那个有想象力的人！”

我也站了起来，这样可以居高临下地看着他。我知道我才是那个有想象力的人。我也知道我才二十二岁，可我疲惫得像个老头，我知道工作快丢了，孩子即将出生，与妻子的关系有点紧张；现在纽约市里的每个出租车司机、每个不值一提的政客们的掮客、假冒号手都可以走进我家，企图偷走我的钱。

“十块钱，伯尼。”

他笑着做了个无助的手势。接着他望向厨房，琼在那里，虽然我是想盯着他的，可我的眼睛一定也跟着他看过去了，因为我记得她在做什么。她在拧洗碗巾，眼睛直盯着它。

“听着，鲍勃，”他说。“我不该说它什么也不是。你是对的！谁能说这样一篇六页半长的东西什么也不是呢？也许这里面有许多好东西，鲍勃。你想要你的十块钱；好，没问题，你会得到你的十块钱的。我的要求是，先把这篇东西拿回去，好好改改，就这样。然后我们可以——”

“十块钱，伯尼。现在就给。”

他的笑容一下子没了生气，在他从钱夹里抽钞票，递给我时，笑容还僵在脸上，而我还来了场痛苦的表演，我仔细检查

---

① 腓力斯人：Philistine，中东古国人，现在多指俗气、庸俗、没文化的人。

这张十美元的钞票，看看他妈的是不是真的十美元。

“好吧，鲍勃，”他说。“那我们扯平了，对不?”

“没错。”

于是他走了，琼飞快地走到门边，开开门，大声叫道：“晚安，伯尼。”

我觉得我听到他的脚步在楼梯上顿了一下，但我没听到他的诸如“晚安”之类的任何回应，所以我猜他可能转过身，朝她挥挥手，或者给她一个飞吻。接着从窗口我看到他从人行道上走过，钻进出租车，开走了。这过程中，我一直摆弄着那张钞票，叠起来、摊开，再叠起来、再摊开，我觉得手里握着的是我这一生中最不想要的东西。

房间里很静，只有我们两人走动的声音，厨房那块地方蒸汽弥漫、飘散着晚餐的迷人香味，我想我们两人都没胃口。“好了，”我说。“就那样。”

“真的有必要吗?”她询问道，“对他那么差?”

这时候，她的这句话，仿佛是她说过的话中最不忠诚、最不体谅的一句。“对他不好！对他不好！如果你不介意，请告诉我，我他妈该怎么做？我是不是该‘友好地’坐在这里，让某个可耻的撒谎者、吸血鬼般的出租车司机走进来，把我的血吸干？这就是你想要的？啊？这就是你想要的?!”

此时她做了这种时刻常做的动作，有时候我想我情愿牺牲生命中的任何东西，也不要再看见这个动作：她转过身，背对着我，闭上眼睛，双手捂住耳朵。

这之后不到一周，助理财经编辑的手终于落在我的肩上，正好在我写到国内公司债券交投略微活跃这一段时。

离圣诞节还有段日子，我又找到一份工作，在第五大道的杂货铺里当机械玩具的演示员，好歹可以让我们熬过一段日子。我觉得就是在杂货铺的日子里——我给用锡和棉花做的小猫上好发条，小猫就会“喵！”的一声滚过去，“喵！”的一声又滚过来，“喵！”的一声滚过去——不管怎样，就是在那儿工作的时候，我放弃了心里残留的一点要按欧内斯特·海明威的模式建造自己生活的想法。某种建筑计划已明明白白不可能了。

新年后，我找了几份白痴活干；接着，四月时，就像春天总是突如其来，并给人带来惊喜一样，我被一家企业的公关部门聘为文案，薪水八十美元一周，在那里我做什么根本不重要，因为那儿几乎所有人都不知道他们在做什么。

这份活相当轻松，每天我可以节省大量精力做自己的事，我的写作突然变得顺利起来。海明威确实已被我抛弃，我转到 F. 司考特·菲茨杰拉德模式上来；那么，最起码，我已开始寻找代表自己风格的东西。冬天过去了，我和琼之间的关系有些缓和，初夏我们的第一个女儿出生了。

她打乱了我一两个月的写作计划，但不久我又回到写作上，确信自己越写越好：我开始推平土地，挖地基，为一部雄心勃勃的悲剧长篇做好铺垫。我一直没有写完这本书——现在想来，它是我一系列未完成的小说中的第一部——但在早年那些岁月里，它是令我着魔的作品，进展缓慢似乎只是为了写完后它更加恢弘。每天晚上我花在屏风后面写作的时间越来越多，只有在房间里踱步时才会露露面，踱步时满脑子都是宁静神圣的白日梦。那年年底，又是一个秋天到了。有天晚上，琼出去看电影，我在家里照顾孩子。电话响了，我从屏风后走出来，拿起电话，只听到："鲍勃·普林提斯吗？我是伯尼·西维尔。"

我不想假装我已忘了他是谁，可也并没能马上就想起我曾经为他工作过——我曾经卷入过一个出租车司机的可怜妄想里。我停了一下，就是说这让我略有迟疑，接着腼腆地张嘴朝电话听筒笑了，我飞快地低下头，用没握听筒的那只手理了理头发，这是*君子仁爱*的羞涩表示——同时我心里默默地谦虚发誓，这次无论伯尼·西维尔想要我做什么，我一定不怕麻烦，尽量不伤害他。我记得那时我多么希望琼也在家，让她看看我对伯尼有多好。

但电话里首先问候的是宝宝。是男孩还是女孩？太好了！她长得像谁？哦，当然，自然啦，他们在这个阶段还看不太出像谁。当爸爸的感觉如何？啊哈？感觉很好？好极了！接着，他开始用异常正式、低沉的语调说："您太太还好吗？"

那感觉仿佛是解雇多年的仆人在询问这所房子的女主人。

在他的家里，她曾经是“琼”、“琼妮”和“甜心”，我怎么也不相信他已忘了琼的名字；唯一的猜想便是那晚他没听到她追出来向楼梯上的他道晚安——也许，他只记得她手里拿着洗碗巾站在那里的样子，可能埋怨她，认为是她怂恿我硬要那十美元的。但是我现在只能告诉他，她很好。“你们怎么样，伯尼？”

“嗯，”他说，“我还好，”说到这里，他的声音一下子变得异常严肃，像在病房里召开会议。“可就在几个月前，我差点失去了罗丝。”

噢，不过现在好了。他安慰我说，她现在好多了，也出院回家了，现在感觉还好；但当他开始谈起“检查”和“化疗”时，冥冥之中无法说出口的癌症浮现出来，我有种可怕的死亡之感。

“哦，伯尼，”我说，“她生病真是太让人难过了，请一定要向她转达我们的——”

转达什么呢？问候？祝愿？无论是哪一种，我突然觉得，都带有一种无法原谅的屈尊降贵的姿态。“转达我们的爱，”我说。可话刚出口，我便恐惧得咬到自己的舌头，我恐怕这听上去是最最居高临下的措辞了。

“我会的！我会的！我当然会转达的，鲍勃，”他说，所以我很高兴我那样说了。“噢，别担心，我不会谈政治。是这么回事。我现在找了一个真正有才华的小伙子为我工作了,鲍勃。这小伙子是个艺术家。”

我的天啊,作家的心是多么讨厌、多么复杂!你们知道当我听他这么说时心中作何想吗?我感到一阵刺痛,那是嫉妒。“艺术家?”他是吗?我要给他们看看在这个小小的写作事业上谁才是该死的艺术家。

可是伯尼马上又谈起了“连环漫画”和“草图”,这样我才收回我那一争高下之心,原有的置身事外之感又占了上风,心里踏实好多,实在让人啼笑皆非。这真是一种解脱!

“哦,艺术家,你是说,他是个连环漫画艺术家。”

“是的。鲍勃,你真该看看那小伙子画的画。你知道他怎么做的吗?他让我看起来跟我自己一模一样,可又有点像威德·曼莱。你看过这些连环画吗?”

“听上去很不错,伯尼。”现在这置身事外之感又来了,我看出来我得小心,防备着点。也许他不再需要什么故事——现在他可能有一整壁橱的草稿供艺术家创作——但他仍然需要一个作家“写对话和情节”,不管怎么说好,他需要一个作家把艺术家画的汽球对话框用对话填满,我只得尽量柔和、尽可能得体地告诉他,我不可能再干了。

“鲍勃,”他说,“这可是真正的建筑。科罗夫博士看了一次这些连环画,他对我说,‘伯尼,把杂志那事忘了吧,把书也忘了吧。你已经找到解决方法了。’”

“嗯。听上去很不错，伯尼。”

“鲍勃，这便是我打电话给你的原因。我知道你在合众国际社的工作很忙，但我还想也许你可以花点时间做一些——”

“我没有在合众国际社工作了，伯尼。”我告诉他现在的这份宣传工作。

“好啊，”他说。“听起来你真的飞黄腾达了，鲍勃。恭喜你。”

“谢谢。不管怎么说，伯尼，问题是我现在真没时间为你写东西了。我是说当然我很愿意，不是说我不；只是因为宝宝占去了大部分时间，我还有自己的活要干——我现在正写一部小说，你知道——我真的觉得最好还是不再接别的活了。”

“噢。好吧，那么，鲍勃；别担心。我只是说，你知道，在这件事上如果我们用上你的——你明白，你的写作天分，我的意思是我们会有大突破。”

“我也很抱歉，伯尼，可我真的祝你好运。”

我发誓，你们可能到现在也猜不出他打电话的原因，我在跟他道别一小时后才突然想到：这次伯尼压根就不是让我帮他写东西。他只是以为我还在合众国际社工作，因此以为我跟这个辛迪加连环漫画企业的核心部门关系密切，想利用我的这层关系。

我还能清楚地记得我想到这个时我在做什么。我在给宝宝换尿布，我低头看着她美丽的圆眼睛，好像我盼望着她祝贺我，或感谢我，因为我又一次成功做到没让安全别针碰到她柔嫩的皮肤——我正在换尿布时，想起他说话的样子，他顿了一下说“我们用上你的——”

无论这个精心设计的建筑计划是否取决于“你在合众国际社的关系”，在他话语停顿的当口，他一定放弃了这个建筑计划（他不知道我被解雇了；他以为我在报纸行业上还有稳固的关系，就像以为科罗夫博士在心理学领域或威德·曼莱在电影事业上的成就一样），他只好说“用上你的写作天分”。我在电话里小心翼翼尽量不伤害伯尼的感情，其实，最后，是伯尼努力避免伤害到我。

老实说，这么多年来我很少想起他。如果告诉你们我每次坐进出租车里都要凑近去看看司机后脑勺和侧面，这倒是神来之笔，可这不是事实。但有件事是真的，只不过我才意识到，在我为写微妙的私人信件，绞尽脑汁想一个恰当措词时，我会想起：“今天我没时间给你写封短信，所以我还是给你写封长的吧。”

无论我在说祝他连环画好运时是否真心，我觉得在那一小时后我是真心实意的了。现在我衷心祝他好运。好笑的是，不管有无关系，他可能还是能把这些建成个什么东西。在美国，有些比这还傻的想法都变成了庞大的商业王国。无论如何，我希望他没有对此丧失兴趣，不管采取什么形式都好；

但我最希望的是，天啊——这次我不是发誓——我希望，不论老天爷什么样，千万别让他失去罗丝。

全部读完这篇文章后，我明白它建得还不好。横梁与托架、它的墙体有点不均衡，需要修缮，感觉地基有点脆弱，可能一开始我的坑就没挖对。但现在担心这些也没用了，因为是时候给它封顶了——向你们交待其他建筑工人的情况。

所有人都知道威德·曼莱后来怎么样。几年后他意外死在床上，死于一个并非他妻子的年轻女人的床上，这事足够刺激，够小报们忙上好几周的。你也能在电视上看到他演的老电影，每次看到这样的电影，我都会吃惊，他是个好演员——太出色了，我猜，正因如此他无法扮演一个不谙世事、心胸开阔的出租车司机这样的角色。

至于科罗夫博士，有段时间人人也都知道他在干什么。那正好是在五十年代初期，每家电视台都建立并展开了大规模的广告战役。其中有条引人注目的声明，特地注明为知名儿童心理学家亚力山大·科罗夫博士所说：在我们这个时代，家里没有电视机的青少年在成长过程中可能会出现情感缺失。所有其他儿童心理学家、所有能言善辩的自由主义者、几乎所有的美国父母都对他口诛笔伐，当他们批完以后，他彻底名誉扫地了。从那时起，我可以说，一周内随便哪天，《纽约时报》为了一个纽博尔德·莫里斯能给你六个亚力山大·科罗夫。

接着该讲讲我和琼的故事，这是我给你们的烟囱。我只得告诉你们她和我所建的东西倒塌了，早在几年前就塌了。噢，我们现在还是好朋友——不会再有抚养费、监护权的法律之争，或那之类的事情——就到这里吧。

窗户在哪儿？光线从哪儿照进来？

伯尼，老朋友，原谅我吧，这个问题，我还没有找到答案。我根本不敢肯定这间房子有没有窗户。也许光线打算尽可能从手艺马虎粗糙的建筑工人留下的那些罅隙、裂缝中钻进来，如果是这样，你们可以肯定没人会比我感觉更糟了。上帝知道，伯尼，上帝知道这里当然在哪儿会有窗户，一扇我们大家的窗户。

译后记

孤独的人写孤独的书

一

酗酒、抽烟、疾病、贫穷、潦倒、怀才不遇，生前未曾大红大紫，死后迅速被人遗忘，他的一生正合了文人常有的命运。理查德·耶茨(1926—1992)是“焦虑时代的伟大作家”，是美国二十世纪三十年代至六十年代的代言人。他的长篇小说处女作《革命之路》甫一推出即获成功，当年与《第二十二条军规》、《看电影的人》同获美国国家图书奖提名。1962年他的第一部短篇小说集《十一种孤独》出版，更被誉为纽约的《都柏林人》。随后他陆续写了《天意如此》(1969)、《扰乱和平》(1975)、《复活节游行》(1976)、《好学校》(1978)、《年轻的心在哭泣》(1984)、《冷泉港》(1986)，生前最后一部小说《不定时代》至今未能出版。

耶茨行文简朴直白，但直指人心；他笔下都是普通人的平凡生活，写的是普通人的孤独、失落与绝望。他不玩弄所谓超小说的写作技巧，坚持对现实生活的描写，即使那些他抱着最大热情写就的小说亦是如此。他笔下的许多人物,读者在阅读中因似曾相识而退缩,“我认识他,我有过他那样的经历。”耶茨让你在阅读中明白:生活之路有时会意外地转个弯,给我们的并非惊喜,只是无奈。

从某种程度上说,在美国六七十年代一小群现实主义作家里,耶茨比大部分人更有才华,批评家们认为,作为二十世纪中叶美国主流生活的忠实记录者,他的小说只有约翰·契弗堪与相比。他被誉为“作家的作家”,拥有一大批作家拥趸,其中不乏著名作家,如库尔特·冯内古特、安德烈·杜波依斯,他的现实主义写作风格影响了许多作家,盛名者如雷蒙德·卡佛。但耶茨顽固地反对知性主义,坚持认为小说与“思想”无关,让他成了这个局限的牺牲品。

我们总以为,文章只要写得好,笔下的人物、笔下的世界就会活在人们心中。只可惜,他的书从来不是畅销书,没有一本书的精装本销量超过过一万两千册,也许人们不喜欢这般认真地揭示自己的伤疤。就这样,一位备受同侪推崇的作家,作品能深深触动读者的作家,一位像菲茨杰拉德描写爵士时代的失落一样描写“焦虑时代”失落的作家,一位像雷蒙德·卡佛、安德烈·杜波依斯那样影响了一代美国文学的作家,逐渐被人淡忘。也许,世事自有其行事方式。

1999年,美国知名作家斯图尔特·奥南在《波士顿评论》

上发表长篇文章《理查德·耶茨的失落世界》,此后文化界掀起了一次小小的耶茨高潮。布莱克·贝利写了颇有深度的传记《耶茨:悲剧性的诚实》;好莱坞拿到《革命之路》的版权,将其改编成电影,由著名导演山姆·文德斯执导,2008 年 12 月同名电影公映后颇受好评。借此东风,他的不少作品遂得以再版,在书店书架上我们再次看到了他的作品。

二

耶茨 1926 年出生于纽约扬克斯市,幼年时家庭生活并不安稳,三岁那年父母离异,在大萧条时代,母亲带着他和姐姐在曼哈顿艰难度日,母亲酗酒、容易歇斯底里,“当他们饥饿难耐或等着被人再一次轰走时,”母亲却对着他们高声朗读《远大前程》。1944 年从埃文中学毕业后,他没有读大学,原因之一是他受海明威的影响,认为作家应该融入生活的洪流中,通过斗争在生活中占有一席之地。他参军去了法国,像许多上个世纪五十年代的作家一样,他经历过战争,但不幸在军队中染上肺炎,治疗康复后,从德国退役,回到纽约,在此结婚。1951 年,他带着军队发给他的肺炎补偿金举家迁到欧洲,在欧洲的几年中,除了写作他什么也不干。他坐在租来的房间里,不停地抽烟,不停地咳嗽,不停地写,一篇又一篇,但都不成功,《纽约客》拒绝了他的每一篇投稿[1]。1952年对他来说具有特别意义，这一年，他终于在《大西洋月刊》上发表了一篇小说，那是他旅欧一年后写下的十五篇小说中的一篇。

耶茨在用文字建筑他的文学之家时，现实中的家倒塌了，与妻子的关系破裂，妻子带着他们的女儿从伦敦回到美国，暂时分居，1959年正式离婚，两个女儿的抚养权归了妻子。

从欧洲回来后，他先后在合众国际社、雷明顿-兰德公司工作过。为付账单，他为人捉刀，代人写作。1962年在布雷德洛夫作家创作班上，他绕场裸跑，宣称自己是弥赛亚；他走了菲茨杰拉德不成功的老路，去好莱坞写剧本。1963年他为时任司法部长的罗伯特·肯尼迪撰写发言稿，在约翰·肯尼迪遇刺后，他接受了依阿华大学作家创作班的教职，但那一段经历并不愉快，又一个失败而已。

许多年来，他都是孤单一人生活。生命中的最后一年他在波士顿，到过他家的学生、同事看到房间之简陋无不为之动容：一张桌子上放着台打字机，冰箱里只有咖啡、啤酒和波旁酒，墙上是女儿的照片。两盏微弱的小灯、到处是踩死的蟑螂，碗橱里还有脏兮兮没洗的锅。他就是在这样的小房间里，凄清地写作。

---

① 直到2001年耶茨逝世八周年后，《纽约客》才在1月15日发表了他的短篇小说《运河》。

写作从未停止。这像是个可怕的判决——判决他终生写作。写作让耶茨的精神比身体活得更长久。写作就是他的生命力，只是酗酒让一切慢了下来。

最后十年，他的健康状况极度恶化，由于肺结核，他呼吸困难，不停地咳嗽、气喘，但他仍抽烟抽得像在烧炉子，即使在最后一年里他得借助氧气面罩来呼吸时，抽烟也没中断过。喝酒是他又一个狂热的嗜好，美国文学史与酒的关系异乎寻常地密切（福克纳、菲茨杰拉德、哈特·克雷恩、海明威、伯里曼、契弗），但没有几个作家能像耶茨那样全身心投入酒精之中。他白天不喝酒，他要写作，一到晚上却总是烂醉如泥，不醒人事。有一段时间他精神崩溃，几次住院，他自己也说，“是的，我不断进出精神病院。”仿佛他想尽快透支完自己的身体，1992 年 11 月，耶茨死于肺气肿及并发症，年仅六十六岁。

三

《十一种孤独》是耶茨的第一个短篇小说集，是美国二战后早期小说创作的高峰，纽约时报誉其为纽约的《都柏林人》。

耶茨在接受采访时曾说：“我想我对成功的人士不太感兴趣，我想我对失败更感兴趣。”[①]他也曾说：“我所写的全是家

① 见德怀特·亨利、杰夫里·克拉克所著《理查德·耶茨访谈》。

庭，家庭就是我要写的。”①

《十一种孤独》写的都是些局外人，他们想要进入某个世界，却遭到拒绝。这个世界可能是某间教室，也可能是军队，更可能是家庭。曼哈顿办公楼里等着被炒的白领；有着丰富想象力的出租车司机；一心想成为作家却眼高手低、替人捉刀的年轻人；干巴巴的老教师、新转学的小学生、肺结核病人、遭羞辱的爵士钢琴手、混在法国、空虚的富家子弟；郁郁不得志的军官、退役大兵，还有他们向往却受到忽视的女人。《一点也不痛》中，女人在情人的陪同下前往位于长岛的肺结核病院探望久病的丈夫，无关爱与不爱，只有对现实的顺从。而在《南瓜灯博士》里，新转学来的男孩文森特·萨贝拉受到其他同学的排斥。一方面是通过对话表现出来的孩子们的世界，一方面是年轻女教师想改变这个男孩的良苦用心，二者背道而驰。两者的冲突最终以灾难结束：文森特·萨贝拉最终攻击他的老师——唯一一位想靠近他，对他好的人。

希腊悲剧如何展现人物致命的缺陷，耶茨的小说就如何展现人物的绝望。他无情地刻画出一幅幅人物白描，让读者的阅读成了一次冰冷的旅行。我们从他的作品、他的人物里认出了耶茨的影子，也看到自己生活中的失望与失算。耶茨不想屈服，他不愿用喜剧色彩来羞辱自己，需要面对最坏结局

① 见伊丽莎白·科克斯所著《遇见理查德·耶茨》。

的时候，绝不逃避。读者在这些场景还没开始时，就想退缩了，好似恐怖电影的观众知道受害者即将打开错的那扇门而不忍观看一样。实际上，就像陀思妥耶夫斯基那样，他岂不知屈辱的可怕，但更无奈地知道生活还要这样继续。

然而，他笔下的典型人物当属“战斗中的小男人”，他们的处境令人沮丧，他们讨厌自己的工作，他们酗酒，他们回忆以前自己就要成功的时光，也许就那么一次，还失之交臂；而对爱、对家庭、对社会的拯救，不知怎么总是无法实现。

《乔迪撞大运》中的瑞斯军士，正直严厉、不近人情，他希望通过训练把新兵们变成军人，但就连世俗之外的军队里也容不下他，最终他被人挤走，而训练结束后，新兵们也成了兵油子。

《与鲨鱼搏斗》中以笔为武器的理想主义小文人索贝尔，他追求自己的理想，放弃高薪来到这家报社。结果梦想破灭，饭碗也不保。仔细品味作品，严肃中又有丝丝调侃。耶茨处理日常场景的手段高超，让我们在不经意间进入意想不到，但又完全可信的境况里去。他直白简约的描摹，使人物的每个动作都那么真实可信。例如索贝尔对帽子的钟情，耶茨简单几笔勾勒出他戴帽子的几种情状，写出了索贝尔对文人的向往，和终于成为文人的自豪。

《勃朗宁自动步枪手》里的退役军人，日子平淡无聊，一天晚上与妻子口角后独自在街上闲逛，后在酒吧里遇上两名士兵，他想勾搭酒吧里一个对他不感兴趣的女孩，一心幻想着等会要带她走，“在某个暧昧的卧室里”脱掉她的衣服占有她。接下来，耶茨笔锋一转，士兵和姑娘们置他的竭力讨好于不顾，弃他而去。他觉得自己像个傻瓜，最后在别处宣泄直至被捕。

这些故事与雷蒙德·卡佛的小说如出一辙，这是卡佛小说中的不幸世界，却没有卡佛小说中的冷幽默，也没有卡佛小说结尾留给人的一线希望。耶茨的小说世界没有诡诈离奇，没有奇思异想，有的只是朴实、悲哀、宿命。人们会想，一个作家怎么会在开始时对他的主人公饱含同情，然后判他们遭受种种折磨而不给一丝希望？我想，这是因为耶茨对失败这一主题的坚持。失败远较成功多，远较成功普遍。家庭与爱情可遇不可求，没人能幸运获救，没人能巧合解脱，没有相互理解的爱人、朋友、父母、子女能让无法忍受的日子变得稍微愉快一点。命运从不曾改变，它只会沿着必然之轨迹带你到绝路，把你留在那里。耶茨只是如实地描写，他不粉饰，也不嘲讽，更不会将作品浸泡在感伤的眼泪里。

耶茨无情，他很少留给读者安慰。

四

最后，说说我与这本书之间的小故事。

坦白说，最初在孙仲旭的博客上看到他对耶茨的介绍时，吸引我的是这本书的名字。我想那会是什么样的“十一种孤独”呢？网上稍一搜索，得知此书有纽约的《都柏林人》之美誉，要一读为快的心思无法遏止。读过之后，更立意要把它译出来，因为喜欢，我想与所有爱书人分享这样一本好书，我想让国内爱书人了解这位作家。

2007年，我挑了其中四篇译出来，《译文》杂志刊登在2007年第六期上。见到《译文》杂志对此有兴趣，我想何不向他们推荐此书呢，据我所知，国内出版界还没有出版过任何理查德·耶茨的作品。那年年底，我向本书责任编辑李玉瑶女士推荐了此书，不曾想我们不谋而合，由此申报了选题。随后便是漫长的等待，先是等待出版社对选题的取舍，然后是与外方商谈版权时的一度卡壳，再是对译者资格的审定，其间的欢喜担忧，一言难尽。好在最终结果令人欣喜。然而，时间却已到2009年！几度起伏，失而复得之后，我虽然开心，但更多的是忐忑，唯恐自己能力有限，难以将真正的“十一种孤独”、将真正的理查德·耶茨展现在大家面前。

本书译稿中断几次，历时两年多才完成，为求信、达、雅，除了通校以外，我做了三次的中英文校对和改稿。感谢责任编辑李玉瑶女士，多亏她的敏锐眼光和鼎力支持，本书最终由我译成中文。感谢上海译文出版社，使得耶茨的小说第一次呈现在中国读者面前。感谢朋友兼老师孙仲旭，从他那里我第一次知道了耶茨，更大胆向他借了《耶茨短篇小说集》来读，其时我们尚未谋面，说他是我在文学翻译这条路上的领路人亦不为过。我还要感谢我的先生汪小其，我们志同道合、彼此支持，他是我译稿的第一位读者，更是第一位批评者。在改完第一遍后，我对自己充满怀疑，觉得与初稿相比并无多大进益，简直不敢再看，是他仔细读过一遍后，指出许多问题，让我重拾信心做了第二三遍修改。这本译作虽然出版，仍存在误译与疏漏之处，恳请读者不吝赐教。

陈新宇

2009.3.29 于多伦多

图书在版编目(CIP)数据
十一种孤独/(美)耶茨(Yates, R.)著;陈新宇译. —上海:上海译文出版社,2012.3(2025.10 重印)
(译文经典)
书名原文:Eleven Kinds of Loneliness
ISBN 978-7-5327-5676-6

Ⅰ.①十… Ⅱ.①耶… ②陈… Ⅲ.①短篇小说—美国—现代 Ⅳ.①I712.45

中国版本图书馆 CIP 数据核字(2011)第 279085 号

Richard Yates
ELEVEN KINDS OF LONELINESS

图字:09-2009-565 号

十一种孤独
[美]理查德·耶茨 著 陈新宇 译
责任编辑/李玉瑶 装帧设计/张志全工作室

上海译文出版社有限公司出版、发行
网址:www.yiwen.com.cn
201101 上海市闵行区号景路 159 弄 B 座
山东临沂新华印刷物流集团有限责任公司印刷

开本 787×1092 1/32 印张 8.75 插页 5 字数 131,000
2012 年 3 月第 1 版 2025 年 10 月第 21 次印刷
印数:99,001—102,000 册

ISBN 978-7-5327-5676-6
定价:45.00 元